中公文庫

西ひがし

金子光晴

中央公論新社

目次

西ひがし

「月の世界の人」

ブルッセルは、低地《ネーデルランド》のなかでは、身じまいのいい、きれいな小都市で、猫のような顔の小娘たちばかりがあるいているところだ。むかしから硝子細工が特産で、一年あまりの滞在中、たった一度だが、その展覧会を見にいった。一口にガラスといっても、変化に富んでいて、いまでも忘れられないのは、玉虫グラスの花瓶で、霧をへだてて当代の文明都市の、さまざまに明滅するネオンの色彩《いろどり》、人間の欲望の限りなさを象徴するそのあわれさを、じっとながめていたことであった。メキシコオパールの火焰にこころを奪われたり、ペルシアの壺の内側の釉《くすり》いろの真珠母に哀感の根元を見いだして溺れたりするのも、すべておなじと僕はおもっているわけだが、とりわけ、こころすずしいのは、あのうすい硝子の透明で、素通しな彎曲に、遠くからはこばれてきて、肌に添い、むしろ、そこはかとなく揺れながら、変化をみせてくれるあの硝子瓶を、もう一度、この手にのせてみたいとおもう。

いま一つ、僕がブルッセル市を散歩してあるきながら欲しかったものは、駅から高台のサン・マリ通りをあがってゆく途中の店でうっていた、海泡石（エキューム・ドゥ・メール）のパイプのなかで、殊に色白でふくらみゆたかな一つで、それを愛撫したいというおもいが、そこの店先を通るごとにつのってきて困ったおぼえがある。それで、男の情欲を調節することができれば、結構なことだが、当時でもかなりなねだんの張った買物になるので、展覧会などで、ルパージュ氏が真剣になって、知人にうりつけてくれたお蔭で、若干のまとまった金が手に入ったとしても、その時、なには置いても、最初から欲しいとおもっていたものをまず買うということはできなかった。僕が煙草のみでないことも、遂に買わずにかえってきた理由となるかもしれない。

秋の豊年祭りには、一年中ヨーロッパをわたりあるいているジプシーの馬車が、駅前通りの並木道いっぱいに、天幕をつくったり杭をうちこんだり、手早く用意をして、呼び込みのがらがら声をはりあげたり楽隊をはやし立てたりした。馬車のなかをのぞきこむと、派手なトルコ絨緞《じゅうたん》を敷き、窗《まど》にかけた布も、安物ではない。午時分《ひる》には主婦（歯で綱にかぶりついたまま、手足をひらいたまま、高い天井の丸太組みのところまであがってゆく。恐ろしく強い歯の空中芸の女太夫）で、多産な、まだ幼い子供達に焼肉をジユウジュウさせて昼食のしたくをしているのに出会った。車とめがあった入口に、きれいなおかめいんこの籠が吊るされ、結構、風流気のある人生をたのしんでいるさまをうかがうことができた。

「ジプシーたちは、少くとも、我々よりもゆたかに、この世を渡っているなあ」

と僕が言うと、一緒に来た彼女も、異の唱えようがなく、「なにか一芸があれば私たちも、あの仲間に入ったほうが、おなかを減らすという心配がなくていいかもしれないわね」

と彼女も同感であった。秋の収穫の祭りをここではケルメス祭とよび、昔は、ジプシーなどは来なくても、領主が百姓たちのあいだにまじって痛飲した。「王様もお酔《よ》いだ」という画題を、「シュザンヌと二人の老人」という、いまならばのぞき二老人と名づけるのがてっとり早いシュザンヌの葦間の水浴を、息のあった年寄二人がのぞいている光景とともに、ルーベンスの弟子たちが好んで画いたものがのこっている。ルネサンス中期の画家たちが、イタリー土産にもってきたポール・ブェロネーズの南国の青空を、その画家たちの頭上にある熱気とゆれる陽炎の夏、秋の悲しいほどはればれとした空間と入換えることに成功した。ケルメス祭がはじまって、ボヘミア人が村々に乗り込んでくるとなると、僕もじっとしていられないで、見て廻った。人間のふとももも大の大蛇を首から巻いた肉じゅばんの女が客をよんでいる、日本でいう蛇女。腹をうねらせておどるダンス・オー・ヴァントル、それから、水晶の大きな球をおいて、それをのぞきこむ男、女の顔をみて、運勢を予言する老婆、それから、カルーセルとフランスで称《よ》んでいる、子供衆お目あての廻転木馬、大きな声の呼び込みのあんちゃんは、チェッコ・スラバックの戯曲の主人公、リリオムをおもわせる。木馬の取りかたづけは、時間がかかるので、他のボヘミア人が去ったあとまで、そのままになっていて、子供たちが、廻らない木馬の上に乗ったり、木馬のあいだを追いかけっこをしてあそんだりしていた。秋がくるまでそのままになっていて、木馬の背に枯葉がふきつけられたり、うすら寒い日々がつづいて、あそびにくる子供もいないで雨ざらしの表情が、いかにしても、うら哀しい。そのうち、宿に引きこもっているあいだに、ふいと木馬づれが居なくなって、ごみ一つない四つ辻の割栗石の空地が、ひっそり閑としている。路をゆく百姓や、百姓娘の木靴の音だけが、かりかりとひびき、旅ゆく人も、めったには通らない。ブルッセルからハーレンに通うそれが街道筋だが、いつのまにか、雨が雪ぞらに変っている。ブルッセル——それは、文明の一つの行止りのような気がする。しかし、そこだけでも、僕と彼女はつれ立ってあるいた、ユニークなおもいでがあって、いまにいたって色褪《いろあ》せてゆかない。ブルッセルを中心に、ガン、ブルージュをあるいたのは、きのうのようにいまでもよくおぼえている。ガン市には、そのときまだ、セーリス・メーテルランクが生きていたが、ずっと訪客を謝絶しているとのことであった。著名な人を訪ねるという習慣がないので、その時、メーテルランクならお目にかかってもいいな、とおもいながら、会わない人に、むりに会うのは失礼だとおもったので、訪問はとりやめた。駅近くで、小さな料理屋で昼食をしながら、窓から外の街をうかがうと、なる程、赤瓦ばかりの家があつまっているガン市は、焦げたビスケットか、脂肉《あぶらみ》の多いロース肉のようで、非常に異色のある小都市であった。ブルージュの伯爵城（シャトー・ドゥ・コント）をみてあいたが、前にも一度述べたように、この城はかなり大きな城で、城のなかに奴隷を捕えておくから濠がめぐらしてあった。むかしの税関もそのままのこっていて、この北のヱニスは、十七世紀のむかしとおなじ憂愁をたたえながら、汐入り川のように海へとつづく川しもは、素焼のパイプから出る二世紀にわたるたばこの煙をほどいたり、むすんだりしていた。その昔から、時計はいそがしくきざんでいても、人はしきりに老いていってても、そして、なに一つあともどりすることはかなわないながら、夢のなかのような茫漠さで、しかも新鮮ななまなましさで、かつて生きていて栄えた老人や、若いものなどの一つにつながる、同類の顔かたちを描いては、消してみせるのだった。彼らの顔のかたちは、レンブラントがえがいた、鼻のあたまに汗の玉をつけた和蘭《オランダ》の老婆や、官吏の肖像と同様に、じつにリアルなのが悲しいほどだが、それらの忠実なキリスト教徒たちは、いま、神を殺して埋めた湿地に土塊《つちくれ》をかけながら、神がいたころよりも、比べようもなくうらぶれて、小国の民の肩幅の狭さで、生きているものもかぼそい声で唄っているのが、いつ、どこにいても耳について離れない。またふたりで、古戦場、ワーテルローの荒野を訪れたこともあった。ユーゴーの詩句、ワーテルロー、ワーテルローを誰でも、おもわず、口ずさむ。草も生えず、やけた砂塵が、ながい裳《すそ》をひいて立ちあがり、天にむかって、横さまになびき、太陽は光を失って、手術の直後のように、青い膿《うみ》をたたえて、どんよりと上からさがっている。その光はまた、時折、花火のマグネシュームのように蒼ざめて走る。人の目は、砂でギシギシとして、二人きりしか見物人もいないピラミッド式の傾斜を、涙でなにもみえないので、頂上まである鉄ぐさりにつかまって、僕らは、あがっていった。上には金《かな》ものの獅子が踞っているだけで、上から見おろしている風景も土塵であたりはくらく、濛々としているだけだった。人間の歴史は、戦争と、そのあいまのいささかの休息の時間があるだけであり、ぶちこわしては修繕する、それだけが人間の歴史のようで、進歩とみるべきことは、年を重ねて、大規模になることだけで、ワーテルローで戦って死んだ人たちの数などは、問題にならないほどである。被害も大股でやってきて、それがつづいて地球は終滅ということになりそうであるが、それほどに今日の戦争は規模雄大でまた、人間はなかなかそんなこと位で亡びてしまいそうもない宿業のかたまりである。ブルッセル市は病弱者が棄て身の化粧をしたようないたいけな小都市で、両肘と膝がしらが充血して赤くなっている感じの、小柄なからだが、生薑《しょうが》の根のように痛い。

処女の含羞《はじらい》をうりものにした白無垢鉄火のようでもあり、また、硝子のけずり屑で出血した内臓のように、それが細《こま》かければ細かいほど、除去がむずかしいのに似ていた。美術館とも、テアトル・ドゥ・モネーの王室オペラ劇場とも、法院の建物、市庁の広場、サンカントニュールの東洋美術館のエジプト室とも、とりわけ美しい、階段になっていて、のぼり下りできるあの町の昂揚感《エキザルテ》も、ヨーロッパのどこの森に負けないテルビュールンの森の春の芽立ち、秋の黄葉にも、一度、汽車がうごきだしたら、こんどはもうどんなことをしても、来られそうもないという実感があった。ブルッセルは、小都市の小ぢんまりとした魅力があって、大都市に疲れた人たちは、一眼惚れして、足を止める気になるところだ。そうだ。僕もおもわず、名所見物のようなことを書き出したが、冬の寒気を除けば、このくらい住みやすいところはない。ブルッセルは、パリの妹芸者のようだ。ドイツとフランスが戦端をひらいた場合は、いつでも、ドイツの占領下になって苦労するのは、この街の人たちである。第一次の世界戦争のときも占領軍と最初に折衝のあったのは、市長であった。大卓を挟んで、坐るとすぐ、ドイツの司令官は、大きなピストルを、その卓の上に置いた。威嚇的な目的であったが、市長も同様に卓上に万年筆を置いたという逸話がある。占領が決った翌日、その市長は、法院の高い内欄杆から飛びおりた。それは、大きな抵抗であった。フランスの七月革命の刺激があって、ネーデルランドの諸州が独立し、王制を敷いて、レオポルト一世が王になり、僕らの滞在していた期間はレオポルト二世であったが、住民は自由主義的な人たちが多く、滞在中に僕らの精神生活もその影響を受けた。と同時に、世界一帯に、日本が好戦国民だという印象をもっているブルッセルの知人たちに、大正リベラリストの僕は、必死になって弁明したが、第二次大戦の発頭人ということで、僕の言ったことがいい加減なことだとおもわれたにちがいないとおもうと、残念でならないが、まぎれもない事実であるからは、いまさら、なんと言いようもない。

もはや、これ以上の滞在は、ルパージュ氏がひどく心配してくれたように、汐どきを失って、パリのごった返しに戻り、十年、十五年という長逗留《ながとうりゆう》の涯《は》て、投込みの墓地に骨を棄てられて、永久に下敷きになって、地球の終るときを待つしかない。むろん、今日のように、詩や雑文を書いてお鳥目をいただいているようなわけにはゆかない。それがはっきりしたことだけに、マラリア病の発作時のように、心がその自覚を抱くと同時に、背なかが寒々としてきたものだ。彼女はアントワープの仕事にかえっていて、僕は、サン・マリの近くの八百屋の四階から、ヱルボカーベン（画家の名をつけた街）通りの洗濯屋の六階に移り、部屋のストーブの上に、たやさず、鍋をかけ、シチューを作り、セル・セレボスと、キューブで味をつけたが、そのへんの安料理よりも、少くともじぶんの口にあったものをつくることができた。

一人の生活に寂莫を感じると、睡眠薬をのむつもりで、オランダのジンを一罎《びん》買っておいて、すこしずつのんで、眠りについた。ルパージュ氏にすすめられて、水彩展をひらき、彼の知合いの貴金属業の主人や、カイゼル靴下商の主人など、応援者もあり、要するに義理で買ってもらって、最後の旅費のチャンスをつかんだが、いわれもなく、もう一度、パリにかえって生活をしたくなって、二ヶ月ばかりのあいだに、半分以上の金をつかってしまった。たばこ色（ハバナ色）のプラージュ（金ボタンのついた海水服）と、ソフトを買い、その上、あそびくらしてかえってくると、ルパさんは、僕を「月の世界をあるいている人」と仇名をつけた。言うことを利かない困った人間だとおもっているに相違ない。ルパージュ氏と僕と三千代さんと三人であって、料理店「マリウス」（マリウスは、マルセイユ人の代名詞であるとともに、マルセイユ――特に魚料理店を開いている人たちは、店の名にどこへいってもこのマリウスをつける）で、舌平目や、貽貝《ムル》や、豚の骨つき足の肉料理などを御馳走になりながら、僕ら夫婦のうち、誰が先に帰るかの相談をした。彼女には郷愁が強く、とりわけ、子供のことを考えると居ても立ってもいられないらしく、随分それを僕はもてあましたが、やはり僕が先に帰る方が、都合がよいという結論がでた。のこり少くなった金が悉皆なくならないうちに、勿論、切符代に足りない分はルパージュ氏が立てかえてくれることになった。しかし、日本へ帰って、僕が彼女に金を送るまでには、随分時間もかかるし、果して帰ってみた日本で、その金を僕の力で調達することができるか、それはわからなかった。成丈、ルパージュ氏からの借金を少くしようとおもって、とにかく僕が帰るためにシンガポールまでの切符をととのえてもらうことにした。ルパージュ氏は、そのことを危ぶんで、日本までの切符を買ったらどうかと言ったが、風来坊の僕は、本心では、シンガポールから、もう一度マライをめぐりスマトラ、ジャワ、できたらボルネオなどと考えていたので、とうとうシンガポールまでを買ってもらい、若干の余分で、まだみないところまで足を伸ばそうという雄心勃々《ぼつぼつ》としたものがあった。明日の朝マルセイユに出発という前日の夜は、ディーガムで、小さな送別会をやってもらった。ルパージュ氏は、肝臓の具合がよくないので、成丈肉類を避けていたが、その夜はよく食べ、よくのんだ。彼に献げるつもりで、画竜点睛《てんせい》という東洋の諺を説明し、眼球の入れてない竜に、氏が眼睛を画いてくれたから、僕がもう一度、天空へ飛び立てるのだともっともらしい例えをひいて、彼を涙ぐませた。そんな小ざかしい手をつかうこと、元来不得手である筈の僕が、物おじもせず言ってのけられたこと、それだけが、旅の苦労のお蔭かもしれないとおもうと、この旅が全体にしらけわたったものにおもわれた。

マルセイユまで

パリゆき列車が発車するまで、ルパージュさん、きれいな顔立ちに成人した二人の娘、アン・マリとフランシヌまでが見送ってくれた。そのうしろから、彼女が、眼まぜをしたが、彼女としては、なにかの魂胆があるらしくおもえたが、その意は、通じるべくもなかった。窓《まど》近くへ来て、誰もわかるものはいないのだから、日本語で一言二言言えばいいのに、とおもいながら、この機より他にみすみす機会がないと分っていても、僕の方でも、目まぜに答えることもせず、いたずらに流れゆく「時間」をむなしく見送ることに、運命をゆだねているのであった。彼女がおくれた汽車で、もう一度パリに追いすがり、ベルギーぐらしからはなれて、またぞろパリぐらしをしてみたいという考えがあるかもしれないとおもった。それにも、棄てきれない興味があった。ベルギーでの品行方正なくらしのくたびれが出て、とりつくろった生活の限度がきていることに気がついて、この旅は、一つの解放の旅であった。僕がブルッセルで、ぼろを出しはしまいかということに、ルパージュさんが、心をつかっていることが僕にもわかっていた。汽車がうごきだすと僕は、初冬の荒れはてた田野を眺めながら、殆ど僕からはなれてしまった日本へ戻ってゆくことをつとめて考えないようにしていた。パリで一度車を下りて、パリ発マルセイユ行の、別の列車にのりこまねばならない。東停車場で下りて、リオン停車場にゆくまでの短い時間を、パリに居なければならなかったが、マルセイユで乗込む日本郵船の船に間にあうためには、ぎりぎりの時間しかなかった。ルパージュさんから受取った切符は、きつい行程で、それが間にあわなければ、又一ヶ月以上フランスに居て、事情を話し、あとの船に乗れるよう、ロンドンの郵船会社と交渉しなければならない。それは、たいそう厄介なことだし、その日まで滞在するとなると、船のなかの四十日間、小づかいもなくなることになる。

どうして、その時、僕が、そんなにパリにいなければならなかったか、その理由は、まことにわからなかった。それに、どんなことになっても、もう一度、ブルッセルに立戻ることはできなかった。タクシーで、モンパルナスへ来てみると、クーポールやナポリテンの店は、寒空ながら、ネオンが廻転し、ファイバーのスーツケースを一つぶらさげて僕は、さすがに、往来にはり出した椅子が、室内につめこまれて、暖炉の火が、ごろん、ごろんとのどを鳴らして燃えている、手頃なナポリテンの紅革張りの椅子に腰かけて、僕は人の出盛るさまをながめていた。船にまにあうため一晩の余船を数えて、できたら深夜発のマルセイユ行に乗るという予定を立てた。日本人の顔もあったが、恐らく僕よりずっと後から来た人たちらしい、見たこともない顔ばかりだった。ラム酒を入れた珈琲をもらってのんでいると、似顔を画かせてくれと言って、かなり年配の外国人が寄ってきた。

「こんな顔を画くと、君は、きっと画が下手になるよ」

と僕が言うと、老画学生は、

「そんなことはない。君は、東洋のプリンスの顔をしている」

と、お上手を言った。画家があきらめて去ってしまうと、痩せた肩を、寒さでしこらせて、街の女がやってきて、

「あなたの横の椅子にちょっとかけさせてね」

言いながら、しなをつくって腰をおろそうとしたので、

「駄目だ。いま友達がここへ来るんだからよそをさがしなさい」

子供を叱るように、眼をむいてみせた。

女は、おどろいて、よその椅子の方へいった。

キャフェに渦まいている人間は、よくしゃべった。ジャポン、ジャポンと声が入ってくるので、話の連中の方へ耳を近づけると、パリ気質の高等井戸端会議の話題にしているのは、この日の夕刊にはじめて伝えられた満州事変の突発の記事であった。その新聞をギャルソンにたのんで、見廻すと、日本の関東軍が、境界を無視して、北支那にあばれ込み、暴虐をはたらいているという主旨の記事であった。フランス人の一般の意見は、日本を批難する事でいっぱいだった。ひとりで坐っている僕に、「この記事は本当か」とたしかめに来るものもいたし、ギャルソンまでが「日本はそんなにわるいのか」ときいた。パリは、およそ、どこもこれからは、日本人に住みにくい所になるのは、いやでも知らねばならなくなる。

「こういう事実は、いまはいってきたニュースで、何年も前からいる僕が知っているわけはないだろう」と言い放つよりほかはなかった。それにしても、ブルッセルでも、電報が入って、新聞記事がとりあわないでいるわけはなかった。あの狭い土地で、小国の特徴でもある寛容のなさで、日本に好意をもち、日本人をかばっていたルパージュ氏の立場が面倒なことになるのではないか、と、第一にそのことが気になった。アントワープにかえった彼女も、なにかにつけてくらしにくくなって、そのため、帰るときが早くなるかもしれない。それまでに少し金をまとめて送金するようにしなければならない。そうおもうと、やはり、パリをウロウロして、無駄に時間を費していられない。ルクサンブルク公園に近い、支那料理に顔を出して、女留学生の譚さんは、帰国したかときいてみたが、中国人のボーイが、知らない、と答えた。僕の質問を小耳に挟んだ店の主人が、「その人ならたしか帰国して、もう二ヶ月ぐらいになる」と教えてくれた。僕は、それで力抜けして、しょんぼりとして、その店を出た。二ヶ月も前にかえったということは、あるいは本国から呼返されたのかもしれなかった。彼女が、戦時下で、パリで学んだ新しい軍事知識をなにかと役に立てようという目的で来ていた以上、険悪な情勢を、ずっと前からわかっていたにちがいない彼女らが、学問が半端でも、パリに居ついている方が可笑しいかもしれない。僕は、前から、孫逸仙の革命以来の中国人は、日本の明治中期ぐらいの、どちらかと言えば、容赦のない、尖端な考えをもっているものが多く、長年の排日思想のゆきついたところで、どんな消耗もいとわず、破滅的な、むしろロマンチストと称ぶにふさわしい抵抗を開始するにちがいないと思った。僕は、メトロの近くのキャフェに立寄って、インクとペンをもらい、おもった通りのことと、早く日本へかえった方がいい、船舶まかないの主人から、無理を利かせてもらって、適当な荷物船にのって帰らなければ、躊躇していたら、この先十年も二十年も先になるまで、益々事がむずかしくなる一方で、遂に子供とも会えないような結末になるかもしれない、とこまかい字で書きこんで、アントワープの彼女宛に手紙を投函した。

夜行列車で、翌日の昼前に、マルセイユに着いた。途中、アビニオンで下車しようという謀反気が起きたが、やっと取りしずめて、ともかくも先に何回か寄港の途中で時間をすごしたことのあるその港マルセイユに着いて、早朝のキャフェを腹中にしみわたらせながら、九時過ぎ頃を見はからって郵船の事務所を訪ね、船の到着の日時の予定をたしかめたところ、ほぼ正確な時間に着いて、積荷の都合で多少の変更があるかもしれないが、荷が少いから、夜半の出発になる予定だと教えてくれた。特別三等だから、藁べッドと、毛布もついているということ、船客は、ほぼ満員だということもわかった。

若い出張所の社員は、僕の先輩の斎藤寛の後輩で、彼がいま、恐らくは、東京の本社によび戻されているだろうという話から、話がはずみ、昼休みの時間に僕を誘い、可成り味のよいマリウス料理を御馳走したあとで、波止場までいっしょに来て、船の事務長に僕を紹介し、いろいろとたのみ込んでくれた。司厨長にも会わせてくれた。その船にマルセイユから乗る人もあると言うことで、彼はオフィスにかえったが、荷物を船室に運び、じぶんの席を、窓近い上段にとっておいて、また一人で、街に出てみた。日中の確執のニュースは、この市《まち》では、あまり誰も問題にしている模様はなかった。それから類推して、アントワープは、彼女にとって、案外、安静でいられる場ではないかと考えられた。マルセイユでも手紙を書いて、アントワープに送った。マルセイユは、地中海に面したともかく南の地方であるうえに、対岸のアフリカから熱風が吹きつけてくるので気温は高い筈だったが、霧こそなけれ、ふいてくる風がひどく仇寒かった。この外国人の男がふらふら、忙しそうでもなく歩いているので、ぽんびきが寄ってきて、しきりに甘口な話をしかけてくる。それに乗るほどの心の余裕をもっていないので、そのなんとなくうさんくさい、品のさがった先生の話をからかいながら通りすがりの本屋の、つみかさねた本の下積みから、写真をひっぱりだしてみたり、昼日中《ひるひなか》から天を怖れず、寒気もめげず、港の漁船のあつまっているピトレスクな漁港を、はるかに下にのぞんで、危っかしくこまごまと立並んでいる棟割り長屋の私娼窟の入り口に、ドガの踊り子のようなパッとひらいた紗布をつけて、人が通ると、なにも下にはいてない足をはねあげてみせたりするところを歩いた。誰も、この風景をタブローにしている画家のいないのはふしぎである。ベルギーのフェリシアン・ロップスも、この里を画かなかったのは、知らなかったからか。その家造りは、簡単で、表と裏の二室しかなかった。ドアを開いたらかぶりつきの部屋が、ベッド一つで、なんの装飾もない仕事用の部屋で、うらの部屋は、彼女たちのくらしの部屋であって、不必要な花瓶とか、椅子テーブルも、仕事部屋には置いてなかった。正に、なんの奇もなかった。このあたりが世界の黴毒《ばいどく》の発祥地でないまでも、積出しの要港であったことにはまちがいない。ぽんびきは、ふらんす人とアルゼリア人の混血児特有な顔――混血がゆきわたらないので眼のふちや、口の端などがずずぐろい、あくどいようで、芯がからっぽという表情をしていたが、こんなさいのかわらでは、一文もとれないのを知っているので、しきりに僕の上着の袖をつかんで引戻そうとした。彼は、眼をしばたいたり、くさめの出そうな顔をしたりしてみせたが、要するにじぶんのほまちがもらえないという第一義が心配の種らしい。フランが両替してないことにはじめて気がついた。煙草の焼焦げ痕のある五フラン紙幣の皺苦茶のままを渡して、一先ずその場から消えてもらった。それらの女たちのねだんは、その五フランでも充分なのだが、なにやら、さわられただけでも、そこから病菌をもらいそうな心配があったし、ドアの把手《とって》にも、壁にも、また、そのへんの寒冷な空気のなかにも目にみえないスピロヘータが、渦を巻いておどっているようにおもわれ、一人になるなり、いそいで、そこから逃げごしになった。スピロヘータに対する恐怖ばかりではなく、僕は、日本へかえるまでの必要な小遣いを全部肌につけていたので、うっかりした家に入ると、床が抜けて下部屋にころがり落ち、そこにこわいあんちゃんがいて、ピストルをつきつけ、有金全部巻きあげた上、おっ放りだすと聞いていたので、これだけは、用心なしというわけにゆかなかった。凄い美人の顔立ちをしていて、めちゃめちゃに中身がこわれてこちらの身内がそそけ立つような女、年齢など踏み外して三百年ぐらい生きてきて猶且つ三十そこそこにみえる、緑色のくらい輪廓で毒々しく上下のまぶたをなぞった女が、こういう社会には、一人二人必ずいるものだ。そういう女が、一足で廓外に出られるという最後のところで、僕の細首をつかんだ。アレルギー性の疾患があって、のど仏のへんをつかまれると、簡単にかさっと破《こわ》れてしまいそうな、僕であるから、常日頃は用心ぶかくて、決して、そんな目には会わない筈であるのに、そこの急所を、鑢《やすり》のような肌をした、びっくりするくらいの力をもった手のひらと五本の指が、完全に僕を把んでしまったのだ。その瞬間、僕は、今日までの、身にふりかかった暴力の危機をいちどきにおもいだし、こんどこそは逃れられないと観念しながらも、子供のように暴れて、ふりはなす拍子に、割栗石のうえに尻もちをついた。そして、肌についた毛糸の腹巻のなかの全財産を両手でおさえながら、ひょろひょろと立ちあがり、石段になったくだり坂をころがってゆくところを、やっと足でふんばって、そこからゆっくりと下りることに成功した。

船にかえってみると、出帆が、あけがたの五時頃に決定したから、今夜は、あまり遠くへゆかないでくださいねと、ボーイに念を押された。新しくペンキを塗りかえた様子もなく、あのむかつくような臭いは、感じないですんだ。窓口の上段の寝台に僕は、ながながとからだをのばした。しばらくすると、船客が乗込んできてじぶんの場所をきめたり、荷物をがたがたやったりしていた。一寝入りして、夜食に起された。僕のねている下段に、いつのまにか、学生らしい若い人が入っていた。

往路の船には、浄土真宗の住職がいたが、この船には、天理教大学の先生という、からだのがっちりした中年の紳士ものっていた。

若い人は、プルーストの『失われた時を求めて』をこつこつよんでいた。その人は、ここではTとよんでおくが、僕よりもずっとあとから渡仏したらしいが、フランス語を専攻してきた人とみえて、僕がもっていた通俗小説、たしか一冊は『エムデン号の末路』、もう一冊は『キャプテンOK』であったとおもうが、一冊を三十分の早さでよんでしまった。僕が旅に出たあとの日本の文壇の様子もよく知っていて、僕に知識をつけてくれた。日本では、アンドレ・ジイドが圧倒的に人気があることも知った。いわゆる新しい日本の芸術派の作家が、プロレタリア文学に代って起上り、小林秀雄の新しい批評精神が、新しい日本文学の面目を一新させつつあるということを話してくれた。パリでも、ある若い画家から、それらの消息を一寸ばかりきいたことがあったが、T君の話でだんだんはっきりしたことがわかってきた。世事に頓着をもっていそうもない、みるから芸術家らしい風貌をしたT君は、日本からもってきた金だけをつかい果して、この船に乗船することはできたが、たばこを買う金もないということがわかった。部屋中、彼をのぞいて六人の人がもちよって、煙草を買ったり、ポートサイドに船が泊っても、上陸できないでのこっている彼をみんなでいとしんで、彼を伴って街をいっしょにあるいて、航海のうさ晴らしをした。

船がヨーロッパを離れて、東洋がくらいめし椀のように頭からかぶさりかかってくるのをおぼえた。紅海を出ると、すぐ波斯《ペルシャ》沖、南インド洋とたえまのない波の繊維のよじれの上に、空罐のようなぼろ汽船が縦に、横にからだを揺ってただよっていた。

南半球の水平線に、五つも六つもならんで竜巻があるのをみてすぎた。T君には、この暑熱が胸苦しそうであった。そのうえに、日本へかえったとても、なんの自信がなさそうなことを彼はつぶやいていた。ところで、僕は彼がいることで、心の安定が保っていられたらしい。彼を見届けるために、そのまま、いっしょに日本へかえってしまいたかったが、僕の汽船の切符が、否応なく、同室の人と別れて、シンガポールに一人止るしかなかったのだ。

波のうえ

鳥糞だらけの斑白らな巣箱のようなマルセイユから乗船すると、あとは、はるばる、夜も、昼も筬《おさ》の音のような、もの憂い、単調な音をくり返しながら、四十あまりの日と夜。そのあいだに、日夜たえまなく突発する煩わしいことから超越して、ながい自由な時間を持てるわけであるから、日頃はこころが移ろいやすく、折角の考えも尻切れとんぼになりがちなのが、格別することもない波のうえでなら、そのあいだにまとまったことが考えられるのではないかと、いつもながい船旅の前にはそんな期待をかけるのであったが、事は志とくいちがって、結局ぐうたら、ぐうたらしてなにもしないで月日が波のおもてを、ゆくえもしらずにながれ過ぎてしまうのを、見送っているだけのことである。そして、よくもそんなに眠りつづけられたものだとおもうほど眠る。それはもう、僕の若い時からの習慣で、死ぬという味いはわからないが、ねむりの快楽は、あくまでもさめている時との対決のうえで確知することができるのだし、夢のなかで眠っているじぶんを眺めながら、はじめて、ほんとうの人生の方が夢の材料にしかすぎず、それだけ夢が立ちまさって、美しくもあり、変化自在であることを人は認識するもののようである。

だが、波のうえでの眠りでは、ろくろくその夢もみない。ましてや、詩や、文学などは、石の下にもぐり込んでかくれているだぼはぜとおなじで、泥をあげて所在をしらせまいと、尾《しっぽ》をかくしている。幸い、下の寝台のあるじも、僕が文学青年であることなど、夢にもしらない。彼と言えば、『失われた時を求めて』にはまり込んでいるので、やはり、じぶんの夢をみているひまがないかもしれない。

僕が眠るのは、僕の一家一族の血統かもしれない。放屁についても、とんでもない大きなくさめについても、一党の血びきとしかおもえない。僕の兄弟は兄二人、妹一人、弟一人いたが、どれもおなじような大きなあくびをし、おなじようなくさめ、おなじような屁をして、眠れば、昏々として、なにもしらずに、二日ぐらい眠っている。そして、いまは僕ひとり生きて、一人分の場所ふさげをし、一人分以上の米を喰いつぶしている。そんなわけで船のうえで、四十何日をおおかた眠っていたと言ってもふしぎではないが、正真は、眠っているより他はなかったわけが他にもある。凪《な》いでいるとは言っても、船の縦振りと横振りは、それが馴れるまで四、五日のあいだは、とりわけ、嘔吐気《はきけ》がして、みもち女のように、不快なものであるが、馴れてしまっても頭がおもく、仰臥がいちばん安全なかたちであった。横になれば、まぶたが重くなり、眠ったり、さめたりということが現実の不快感を慢性的にし、著しく緩和することができたが、読書や、書きものをしようとすると、根気がつづかなかった。

十年以前、おなじこの航路を走ったときには、まだ若くて、おもいがけない好事が、どんなきっかけで寄って来ないものでもないという虫のよい了見をこの人生に対してもっていて、白耳義《ベルギー》のディーガムで書きためた原稿をもっていて、それを船のうえでよみかえしてみて、わずか半歳のあいだに無惨に色褪せてしまったノートブックの草稿を、よむ片はしからイランの沖合い、印度洋にさしかかるふかい海のなかへ、一冊ずつ、はっきりはおぼえていないが、三冊ぐらいを手元にのこし、あとのくだらない散文や詩を、十冊近く、おもいきりよくすててしまう元気があったものだった。しかし、こんどの船旅では、捨てるにも、捨てないにも、一冊にまとめられる旅行記、日誌のようなものももっていなかった。しかし、内心では、この旅行の終りに、僕の存在と調子を合せているようにみえる海の廻転する円卓を、こちらの意志《おもい》通りにおさえこんで、油断している腹の下からのぞきこみ、退化した乳首の痕跡や、その他のみっともないものを一々あかるみに出して、造物主の知恵のなさ、趣向の足りなさを嘲笑ってやりたいなどと考えるのだった。そのくらいなことは、ことばのおもいつきだけで充分な筈だ。そして、そのためにこそ、文学の存在意義があるとも考える。ナポリの街外れでみた原始ゴチック風なグロテスクな「十字架の基督」の木像の、紅おしろいの毒々しさから、いたいたしい鮭紅《さけべに》いろの亀頭を夢みる、髪の毛の白い、目がしらにうす水のたまった、十一歳の早熟な少女のなかの聖母マリア風な険しくて、底意地わるげな情念が、立らはだかってくる、あかく爛《ただ》れた一すじの割れ目が四十日の航海のあいだじゅう、すぐ手にふれられる程の近いところにあった。汗の塩分の沁みて痛い、いちばん最初に位するそれを、人並みに卒業しないままで今日まで通してきた、不良少年あがりの破廉恥な僕に、過剰な足《た》し前を添えてつぐないをもとめてきているわけだ。パリの街で在留証明書《カルテ・ダンアイテ》を持たないままで、どんな面倒からも逃げあるいていたのと、よく似たあと味である。鉄板一枚で、奈落と隣合せている船底で、僕は、じつにおびただしい夢をみたが、おぼえているものが、たいがいはおもいだすのに手がかりがない。それに、その夢がいずれも奇抜で、わらいだしたくなるようなことが多くて、ふしぎなことは、エロティックな夢はあまりみなかった。船といっしょに海底を、ややしろっぽい鼠がぞろぞろ這っている夢や、風抜きの丸窓から、鰐《わに》が入って来ようとして、頭だけ入ってどうにもならないでいるのを、部屋中の人が、大きな口を荷紐でしばって、部屋に引込もうとしている夢などであった。鞄にしたいとおもっている人もあり、女房にハンドバッグの土産ができるともくろんでいる者もあった。夢のなかで結構たのしみながら、さめている意識が、これは、夢である、こんな大海を、鰐がおよいでいる筈はない。鰐は、シンガポールのカトンのような千本杭の水上家屋のしたに横になっていて、人間の食べあましが、ながし水といっしょにおちてくるのを待っているけちくさい奴だ、などと、批判をしているのであった。ブルッセルの外れの、外塀だけはあるが、草茫々のあき地で、僕がそこでねていると、女の裸の石膏像がとり囲んで、なにかしきりに評定している。そのあげくに、石膏像が一時に、僕のうえに倒れかかってきて、射精したことがあった。性夢というものであろう。じぶんがみじめで、決して、あと口のいいものではなかった。

同室の人たちは、日本人ばかりで、あきもしないで、どこかできいて、ききふるしたような猥談を披露して、じぶんであは、あはと笑っていたが、じぶんでは、おかしい筈がなかった。僕は、みんな承知しすぎているので、つきあいに笑うふりをしたが、もうひとり、僕のベッドのしたにいるプルースト氏は、そんな下卑た話のあい槌をうつのに迷惑して、くらい燈で本をよんで、きいていないふうをしていた。彼には、日本に彼を待っている恋人がいるかもしれないが、おそらくまだ結婚していないだろうと推測した。しかし他の人たちはみんな大人で、日本に妻子がのこしてあり、それぞれ、送ってもらったその写真をもっていて、みせあって、もどかしいおもいをうちあけあい、何年ぶりかの再会の頂点を大切にして、ナポリや、ポートサイド、ピナンなどで道楽な水夫たちに誘われても、港の女をひやかしにゆくことさえ、心とがめるのか、同行に加わらない。日本の亭主ほど純情な男は、あまり世界にもないと、僕は、たのもしくおもった。それで僕は、他の上陸者と別行動をとって、ともかく、いかがわしいところを歩きまわった。いかなる異郷でも、そういうところをさがすのに天才的な勘をもっているのが佐藤惣之助だったが、僕もあまり彼とちがってはいなかった。ただ、その際、彼が猪突するのとちがって、僕のほうは結局、見物するだけで、なにもしないで通りすぎるだけの話だった。やはり下心は、僕の彼女に対する貞操と言ったら、鼻でわらうか、呆れたとぼけものだと言いたげに、顔うち眺める手合が多いことであろう。なにによらず、実際以上にわるい評判の立つ僕については、なんとなぐさめたらよいものか。身うりしょうばいをしている女のひとたちは、そんなしごとをしている女《ひと》でなければもっていない威厳乃至は気魄をもっているものがあって、まともな生活と張りあって、人のしらない横道をくぐって、おもいがけない宙天へぬけ出る例がある。その後も、彼女たちから「世間苦の経験」を抜き去った、戦後の自由を気負ったようなあらけた連中が、じぶんのゆく途に自信を失って、相談に来るごとに僕は、「うそならうそを押通すのだ。途中で気が弱くなったりしたら、それで一回の終りだぜ。支配者が要求していることは、国民皆兵であると同時に、現に、婦女皆娼であったではないか」と口を酸くして納得させようとしたものだが、それよりも、もっと具体的で効果的な助力は、女たちを、もとの泥んこに突戻すことである。困りものは、半ちくな男の純情である。簡単に、すぐしあわせになれると、おもいこむのは虫のいい女どもの狡智だ。人生を簡単な貝合せ、絵合せのように仕組んだ神々の怠慢が、なによりも先に批難されなければなるまい。

暑苦しい船室のなかは、息づまるような腥《なまぐ》ささだ。

印度人の芸者を買いに、水夫長をさそって上陸したのは、セイロンだったが、その芸妓置屋は、世界一見識がたかくて、アコーデオンのような哀しい音いろの音楽をきかせられただけで、ひどく高価な面会料をとられておっぽり出された。セイロンから上船した日本人は、よっぽどインド通らしいことを言って、僕らのばかさ加減をわらったが、青竹の榻で裸をひやしながら待っている安娼妓が、いくらでも安くねぎって買えるのに、と、じぶんが入れちがいに船に乗ってきて、案内してやれないのを口惜しがった。このカルマ・スートラの国では、享楽方面にもながい歴史をもっていて、そのうちの一つは、室内のぶらんこで、抱きあったまま、ぶらんこに揺られる仕掛けがある。物理的にもぎりぎりな深奥を極めることができる高等技術で、そんなことをまともに研究する国はインドを置いて他にはない、と、わが手柄のように力を入れて語るのであった。船員たちもその部屋にあつまってきて、奇妙な経験を披露したり、見聞をさらにひろくしたりした。彼らは、心からたのしそうで、ながい航海生活のなかで、この航海ほど、たのしい航海はなかったと、異口同音に言ったが、それだけに、プルーストの青年には、気の毒であった。フランス人なら、三等船客だって、こんなくだらない猥談に朝から晩まで没頭しているようなことはない、とおもっているにちがいないとおもうと、いい気になって話の音頭をとるようなことは、法度《はっと》と、じぶんにいいきかせておくより他なかった。

「この話だけは、喧嘩になる心配は、ありません。わらって、すぐ誰とも友達になれます。本心、きらいな者はおりませんから」と照れかくしを言いながら仲間に入るのが、日本人の男の常習と言ってもよかった。しかし、そうした話というものは、人の頭を疲れさせるかわりに濁らせた。はっきりとものを考えたり、観察したりすることができなかった。下のベッドの青年が、どんなにそのために迷惑したかわからない。どこからか、アメリカやフランスで手に入れた写真シリーズがあらわれて、廻されてきたが、プルースト氏に廻さないように、途中で遮《さえぎ》って、元にかえすようにした。セイロンのボタニック・ガーデンでは、案内のセイロン人が、例の豆の莢《さや》の異臭を嗅がせたり、フランス女を紹介しようともちかけたり、物欲しそうな旅行者をあいてに小づかい稼ぎをしようと、さかんにすすめるのを拒絶《ことわ》るのがうるさいくらいであった。

「フランスからのかえりで、フランス女はもう沢山だ」とはねつけると、「それでは、中国人の混血美人はどうだ」と言う。中国やタイ国が近くなったことを、港、港で肌身で感じとることができたが、船の世界では、さすがに、日本と中国との近頃の険しい関係など、誰の口の端にものぼらなかった。船員にニュースをきいてみても、そんなことがあるのかと、こちらの顔を眺めるだけであった。

　船底をあがって、二等船室のサロンには、黒板に重要ニュースの電文が書き出されているし、可能なかぎりの近い新聞を閲覧することができた。北支で起った日本の関東軍の越境事件が、上海に飛火しそうになっていたが、それを知っている二等船客と話しても、そんな問題に興味をもって、乗ってくるものはなかった。日本人にとっては昭和はじめの太平に酔っていた時代で、革命の到来をやすやすと口にする連中も、年月富を蓄積した、植民政策と近代兵器の先進諸国が、二十年経たないうちに、さしもの権益を放棄して、苦しい立場になるなどということは信じられなかったし、とりわけ外地にいる日本人たちは、中国から東南アジアにかけての資源の永久確保を夢にも失うことがあろうとは、想像もできなかった。たしかに、日本の経済は、英米諸国から締め出されそうなくるしい立場になっていて、経済人は、音《ね》をあげはじめていたが、土壇場にいたれば、強力な軍の力にたよればいいという下心に支持されていたし、軍そのものも、不敗の歴史を過信のあまり、祖先たちの神々の冥助を疑わないで、良識のあるとおもわれる人たちまでが、根もない選民感情のうえに乗って晏如としていた。あの頃、僕らが通りすぎた植民地は、みたところゆるぎもなさそうな按配で、官衙はいかめしく、住宅は、清雅で、ひろびろとした芝生の庭をめぐらし、その屋根のうえにユニオン・ジャックや、オランダの三色旗がはためいていた。この眼に映った蘭人（和蘭、英蘭、仏蘭を含めて）の繁栄名残りの夢の最終的なものであったが、物質の崩れゆく姿、あるいは、変質してゆく、年月かけての姿は、まことに、いたましく、あとかたのないものであることをおもわせられる。船客たちは見聞の旅の終りというのに、祖国日本の運命ばかりでなく、その一つの危機が、世界をゆるがせることになる植民政策の大地咒縛がはじまって以来、五世紀に跨る、人間のうえに築きあげた土台がくずれゆく気配について、けぶり一つ感じとっていないのは、人々がおろかでも、特別に感性が鈍磨しているわけでもなく、互いに頼りきってしか、一刻を安堵して生きられない人間のじぶんたちがつくりあげた諸般のシステムに頼りすぎて、それが習慣となったからと言うよりほかはない。そのようにはかない人間は、常に、じぶんたちのつくった依拠《よりどころ》に任せきって、小動物ほども自然に対処する知恵も本能ももちあわせてはいない。人類の終るまで、彼らは、明日ふりかかっている災害を予知することができずに、ポンペイの火の灰に埋もれるも、閨房で抱きあって死ぬよりしかたがない。大地震があっても、洪水があっても、彼らは、失うもののあまり多すぎるために、災害を十倍にすることになる。植民地の広さと、搾取するものの大きさを誇示しながら、その権益の犠牲になって、いっさいを失う。人間は、それを歎き、それをかなしむが、その歎きやかなしみを薬味にして、生活の魅力とし、次第につのる悪食を断念しようとはしない。おなじ船室の船客たちのなかに、天理教の大学の先生がいたので、一夕、天理教について無知な他の客たちに、説教――という名ではないかもしれないが、極く初歩の段階の説明の大体をきくことにした。ボーイたちからの聴講希望者もあって、そのかわり、司厨長からの洋菓子と紅茶などがはこばれた。天理教の先生は、頑丈なからだのでっぷりした中年の人であった。何某の命《みこと》など、きき知らない神代人の名が多くて、とてもおぼえられなかったが、パリで聴いた西村光月氏の話とは、一部共通点があり、一部まったくちがっていたが、洒落《しやれ》や、なぞなぞ、数字にからんだ一口話などが多くて、成程、大衆宗教のおもしろさおかしさがあって、四角ばらないあいだに、がっちりしたところがあった。日本だけにしか居つきそうもない呼吸があって、宗教よりも企業ではないのかという僕の先入観は、消えないで、居坐《いすわ》ってしまった。その先生は、前にも言ったように風采の立派な中年の人で、弁も立つし、人柄のよい人物であったが、さぞかし僕のことを、物わかりのわるい、困った奴だとおもっていたことであろう。

シンガポールに到着して、船は、積荷の都合で、二昼夜、岸壁に、逗留することになった。プルースト氏とつれ立って僕は船を下りた。僕は、一まず、桜ホテルに部屋をとって、彼といっしょに街をあるいた。波止場の大通りから、港の玄関《エスプラナード》につづく道路が工事中で、つみあげた土丘のうえで、ヒンズー・タミール人の土工が蛆《うじ》のように群がっていた。痩せて折れそうな長い手足をした労働者たちは、地球上の次の時代をリードするために、丹念に、気ながに点数をかせごうとしてうごめいていた。権力者たちは誰一人、そんなことは気付きもしないし、言われてもてんで信じもしなかった。籬に、ヒビスカス（木芙蓉）が花をつけていた。その花を一輪摘んでプルースト氏にわたし、おたがいに無事を禱って別れた。神戸まではまだ、十四、五日、船にのりつづけなければならなかった。

　船のなかで、暑熱がうすれていって、日本に着くときは、冬のさなかである。プルースト氏が、船のなかでたばこが切れることも心配だったし、寒さにむかって衣料などの用意がしてあるかどうかも気になったが、すでに手うすなうえにも手うすになった僕としては、なにもしてあげることができない。同室の人たちにもたのんだが、心許ないので、シンガポールの船舶まかない業のN兄弟をよく知っているというボーイ頭がいたので、その人にもよくたのんだ。

乗船、下船のたびに、からだがふいと浮きあがるような気がした。遊び旅ならそんなこともないだろうが、特に新しい土地で、なじみのない人たちのあいだで、柄のないところに柄をすげるような按配で、まるで騙《だま》しとるように金を取ることは、決してやりたくてやることではない。それほどに切羽つまった事情がなければ、手をつけられたことではない。絵を画けば、素人のいたずら程度で、旅の先々で、事情をきいて同情してくれる人たちが、思いがけなく肝煎りをしてくれることがあって、海外生活の知人たちのあいだを廻って、その人の顔一つで金をあつめてくれでもしなければ、なんともならない。詩人とか、文士とか言っても誰も、僕など知っている者はないし、聞かれれば、その通り言うよりしかたがない。二十年か三十年もたてば、君もなんとかなって、この画も値が出るかもしれないから、たのしみにして一枚もらっておくよなどという、事業主などが、花を添えたぐらいのつもりで言ったが、僕には、一人前になる自信はなかったし、また、そのとき画いた画が、何年、何十年たって値のでることなど夢にも考えられなかったので、そんな時は、やはりその通りに言うよりほかはなかった。そして、そのことは、現在でもおなしことである。

そんな状態で、当時金をつくってゆくことは難儀なことであった。からだが浮きあがるのは、たのしくて浮きあがるのではなくて、じぶんにしっくりしない、ときには、消えてしまいたいような嫌なことにでも、あたまからどっぷりとつかって、是が非でも成績をあげてゆかなければならない。新米のサラリーマンのような気持であった。文学や哲学に志して、貧苦と病苦にくるしんだり、自殺したりという青年が、明治の末年から大正のはじめにかけては、ある人生の行止りとして随分、見聞したものであり、そこまで押しつめられてゆく筋道には似通った段取りがあったものだが、それは、敗戦後の今日とは大分ちがって、そこまでさがってまで生きていることはないと言った、なかなか誇りたかいところをもっていたものだ。東洋風な書生流は、最後まで詩人文士のあいだでのこっていたものだ。またその周囲からも、そうあることを要求されたのであった。そういう詩人文士たちを、僕はたくさん知っていたが、さむらいの子でない僕は、そういう芸術家たちとつきあってゆくことができなかった。過去の芸術家たちは、贅沢な心情を立て通すために死ぬことまでも平気な奴がいたらしいが、石川啄木だって、北村透谷だって、川上眉山だって、芸術家の誇りなどというつまらないものをすててしまったら、もうすこしながく生きていられたのではないかとおもう。旅からかえった当時、まるではじめて会うような気持で、むかしの文士友達に会うとき、その人たちが、万事心得ていて、はしはしと事を処理し、立派に生きてゆく姿をみてびっくりし、到底じぶんがそんな仲間の一人になれようなどとは考えられなかった。その当時のことは、もっとゆっくりと、一人一人のことについて書くつもりでいる。僕には、どうしても、芸術家のしごとが、制作のあいだのよろこびだけで元がとれているものとしか考えられない。作品と金銭とのかかわりあいは、どうしても、おはずかしいものを、金に換えているとしか考えられない、つまり、自信がないために、買い手と、そのあいだに立ってくれる人と、三人の話しあいというものが、いつもおかしいことになってしまうのであった。あいだに入って世話をしてくれる人間は、土地の世話やきとは言い条、町方の人が多く、新聞社の人でなければ、ばくち打ちとか、元女衒《ぜげん》の親分などが多く、いく分こわもてであるので、居留地の人間関係がむずかしく、外からではどうなっているのかわからないので、そんなどうしようもないことにまで、神経をつかわなければならないことが多かった。それに、南方の企業は、欧州戦直後の好景気は夢のまた夢で、大小にかかわりなく、どちらをむいても日本人は、青息吐息で、他人を助力するほどの余裕のあるものはいなかった。それは、この旅の往路からしてそうではあったが、三年経ってふたたび来てみれば、その深刻さは、目にみえて理解できる程であった。三年前のなじみとなれば、本来は、親しみを増すわけであるが、じつはそれだけ負担をかけることなのだから、そっぽをむかれることが多く、「これはいけないな。計画は立ちそうもない。ぐずぐずしていれば、この所でくさり果てるのがおちだ」と、さすがに心が焦り加減になっていった。

桜ホテルに四、五日居てから、競馬場《レースコース》に面した、『南洋日日』の長尾氏の家に、すすめられて引移ることになったが、シンガポールの『南洋日日』の社長古藤さんが、僕のヨーロッパに行っている間に急逝し、編集部と営業部が割れて、収拾がつかず、編集長の長尾正平氏と、外国電報の大木氏とが、別に『シンガポール日報』というものを発刊し、丁度、そのごたごたの最中であった。僕は、その事のこまかいことに触れてみることをつとめて避けた。南方の新聞は、もともと、あの肥満した加藤朝鳥氏が草分けであったが、どういう内訳になっているのか、西条八十氏が、編集長の人選の相談役などになっている按配で、ふるい文学畑の人たちが選ばれてきた。『爪哇日報』の斎藤正雄氏もそうだったし、スラバヤの松原晩香氏も八十のことをよく知っていた。八十は、兜町で相場をやっていたこともあり、また、商才というか、世間才にも長けていて、早稲田大学で文学部の教授であるかたわら、流行歌の作歌で、月々数十万、当時の金をかせいでいた。フランス象徴派詩人の翻訳にも、堀口大学、山内義雄とならんで、堪能であり、ジャーナリズムのうえでもうれっ子であった。いまだに僕にはよくわからないが、当時の東南アジアの報道関係者の任免とはなにかのつながりがあったらしいが、誰かに一度きいてみたいとおもっている。資本関係であるらしいことは、『南洋日日』廃刊の際にも、営業部の腰がつよく、長尾、大木と対立したところから対抗的に、長尾等の『シンガポール日報』の発刊となったわけである。その腫膿の熱をもって坐ばれのまっ最中に、僕が、飛びこんできたわけであるが、じぶんのことでいっぱいの僕は、旅費を送らねばならず、ベルギーのL氏の借金をかえしたうえで、この土地から二人が日本へかえらねばならない事情であるから、そのごたごたをこまかくきいている暇もなく、大きなトランクをあずけて、すぐさま、マライ半島にわたらなければならなかった。往路に行ったところは避けて、なるたけ足を踏み入れなくて心のこりになっていた未見の地方をめあてにして、旅の行程を作ることにした。対岸のジョホール土侯国までは、タクシーで、そこからは、乗合タクシー（乗客定員五、六人を待ってうごきだすタクシー）に乗って、マライの西海岸のゴムプランターと鉄山の拠点になっているバトパハを目的地として、その日のうちに到着する予定を樹てた。その辺の土侯国は、イギリスの支配下にあり、土侯は、宮殿のなかに、ふるい形骸だけの領主ぐらしをして、骨ぬきの側近や、儀仗兵とともに、安逸な日々を送っていたが、それは、英領蘭領の植民地の型にはまった生活で、格別、ふしぎがることはなかった。大きな抵抗をしていれば、それだけ大きな荒廃がのこされたわけだが、それは、過去の日本についても言えることで、それだけに感慨もふかい。マライ南部の天候は、おどろくほど変りやすい。太陽の照っている日なかは、町の軒廊《カキ・ルマ》しかあるけない。うす日になったかとおもうと、まず芭蕉の葉がさわぎだして、塵が立ち、その塵がおさまるかとおもうと一日一回は必ずくる驟雨（スコール）の襲来である。いまのように耳も老いぼれていなかったが、家のなかでも、話がききとれない程だ。乗合タクシーで出発の時間を待って空地にいると、光が盤石の重たさで頭からのりかかってきて、土地の体臭とでも言うべき、人間以外のものまでみないっしょくたになった、なんとも名状できない漿液の臭気に、この身をくさらせ、ただらせようとかかるのであった。「ああ。この臭い」と、気がついただけで、三年間忘れていた南洋のいっさいが戻ってくるのであった。猥談どころのことではなかった。むしろ、そんなものからはじつに程遠い、いっさいがそれにつながる死のにおいが胸いっぱいにひろがり、そこに届く生の音信がじつにかぼそい、言訳とも、哀訴ともきこえてくるのだった。バトパハの邦人クラブには、会長松村氏がまだ健在だった。かつて、この土地の小学校の先生をしていた若者のHとクラブの二階の、無造作に十個ほど並べたわらぶとんの上に十日ほどもねて、夜になると中国人街にあそびにゆき、角材を横にした檻《おり》のなかから客をよんでいる、通称カントンピイを見物にいったことをおもいだした。こんなところで小学校の先生をして若い日をすごすということは、よほど耐えられないことらしく、苦労してさがしても、なかなか適当な人がないので困っているとの話だった。むろん、校舎もない。同僚もいない。学年もまちまちなのに、全生徒（と言っても、十人とはいない）を引きうけて、学年別に教えなければならないから、結局、一日中かかってしまう。俸給は、この狭い土地の日本人のふところから出るので、妻子も養えない。クラブの松村さんは、それとなく僕の意向をさぐっているらしく、いろいろと、立ち入ったことをたずねるが、うっかり返事をすれは、そのまま、一生そこに居つくということにもなりかねない。この辺の汐入り川の風物は気に入っているし、バトパハという町も手頃で、友だちがいなくてもさほど淋しいとはおもわない。圧倒的に華僑のたくさんいる街だから、食べものもうまい。なるたけ、松村さんに世話をかけて、絆をつくらないようにと、食事は、クラブで食べないようにしている。こんなところでくらしていると、人としゃべることもない。松村さんは、まるで、一種類しか表情をもっていない人間のようで、孤独な平常なので、それを孤独ともおもわない。僕よりも、少くとも十や十五は年上なのに、妻子もいないし、日本内地にもいないらしく、そんな話は出たことがない。若い日、なにかの都合で、こちらへわたってきて、もっている少々の金を失って、弱っているとき、なにかのことから（例えば、同郷のヒキがあるとか、人間が正直そうで安心できるからとかいう理由で）ここに職をえて、そのまま二十年、三十年と、今日までこの生活がつづいているのであろう。僕が三年前に来たときは、日本人旅館が一軒あったが、それがなくなってからは、ゴム園や、鉄山にゆく遡江船の船待ちをするのに、ここで泊らねばならなかった。松村さんの名は、たしか、磯二郎か、磯五郎ではなかったかとおもう。この土地にも、もとは、天草島原の女たちがいた。マライ人の土方の人入れボスの女房になった評判の小野芳子もここにいた。

バトパハは、センブロン河がマラッカ海峡の塩水とまじわるところで、朝夕の霧がふかく、そこらいちめん、岸近いところはニッパ椰子に蔽われ、ジャングルの猿の群が、町はずれの家近くまで、食物をさがしにやってくるところである。もの哀しい抒情の味いのふかいところだが、訪れるものも住んでいるものも、あまりそんなことは考えないらしい。ちょっとした塩と真水のまじる物侘しい船つき場にすぎないが、例によってここにも、いろいろな土地の人間が住みついている。そして、すでにシンガポールの町では、日本人ボイコットがはじまり、形勢不穏であるが、ここまでやってくると、どれほどのこともない。

朝は、川添いにあるアラビア人の店で、例の雲呑の皮のような主食にバターを塗り、濃いコーヒー一杯ですませ、昼は、マーケットで、小さな焼まんじゅうを食べて、爺さんがしょびしょびとそれも小さな茶碗についでくれる茶をのむ。夜も町なかの中国人の店で米粉《ミーフン》をゴリンしたものを食べておく。それで、充分である。やがて、ここも、中国人の排日宣伝員が入ってきて、居づらいところになるかもしれないが、ともかくも、日本人のゴム園と、鉄山でもっているような街だから、その権益がしっかりしているあいだは旦那《トワン》づらをしていられるというものである。一度バトパハにおちつくと、他の人には、あんなところのどこがそんなに気に入ったのかとふしぎがられるが、僕にとっては、あんなに手がるで、気のおけない、そのうえしずかなところはなかった。単調なくらしではあったが、熱帯のなかでのしめった天気は、日本の梅雨刻のように、ときには肌寒く、霧の立ちこめた軒廊の柱石を枕に、病膏肓に入った中毒の、痩枯れた老人が、豆ランプを点して大煙管で阿片を吸っているのが、いたいたしい。霧がふかいので、時には、靴で豆ランプを蹴ころがしそうになって、はっと立止ることもあった。何万、何十方ともしれない燕の大群が、そのさえずりで街を占領していることもある。電線という電線は、燕が乗るので、低くたわんでいる。

そんな街をぶらついている途中で僕は、雷峰塔の『白蛇伝』の天兵と水妖の合戦を裾に極彩色でえがいた大提灯に頭をぶつけた。と同時に、僕のすぐそばに、白蛇の化身、白素貞が立っているのに気づいて、そのおどろきで、気を失いそうになるのだった。

氷水《アエ・バト》に浮いてる花

孟夏烈日の十字路で、氷の塊をうかした黄ろい果汁を、コップ一杯十銭でうっている、その果汁に浮かせた花。正真の熱帯にふたたびふれたおもいで、路ゆく人とともに立ちどまって、ヒンズー人の鉄刀木《たがやさん》のほそい手から、小柄杓で汲んだそのコップを受けとった。その花は、なんの花かしらないが、さわやかな香気《におい》があって、灼熱をしずめるおもいがした。

そのとき、見知らぬ白素貞も、その氷の塊のそばにいて、ひわいろの小さなハンカチーフを、氷の塊におしつけては、そのつめたさを額の毛のはえ際《きわ》や、襟くびに移していた。彼女の汗あぶらも、融けた水にまじるわけであるが、ここにあつまる連中は、欧米の衛生思想をなまじ知らないので、はじめからそんな詮索は、念中になかった。僕は、そこに、地上の生命《いのち》の焼灼のただなかに在るよろこび——たしかにそれはよろこびであったが——をおぼえるとともに、こんなところで、生涯を落着けることのむなしいおもいには耐えられないとおもった。熱帯地方の強烈な色彩は、とりわけ油絵師の若い書生たちにとっては、魅力があるわけだが、その割合に、あの酷烈な地方に住みついて技術をのばしたものの数は少い。南洋を夢にみていた牧野勝彦（のちに尾崎士郎のもとで小説を勉強し、戦争中、吉晴の名で愛国的大衆小説を書いて、世間的に認められた）も、遂に夢みただけでゆかずに終ったし、僕の詩集に、いつも装幀をひきうけてくれた長崎の版画家田川憲《けん》も、会うごとに口癖にしていながら、やはり、その機会がなく、南方十字星を頭上に見あげることなしに、他界してしまった。

だが、僕は、熱帯にも、寒帯にも、およそ度外れた環境には、耐えられない脆弱《ぜいじゃく》な体質のうえに、アレルギーをもっていて、用心を忘れると、ひどい発作に悩まされる要注意のからだであるのに、いつも逆らうように、逆らうようにと廻りあわせて、そんなところでばかりぶらぶらしなければならない、いまいましい結果になるのであった。

マライ半島の諸連邦は、その頃はまだいぎりすの保護領で、文明よりも、野性がおのれを取戻すスピードのほうが、迅速であった。強大な保護国の役人たちが、それらの自然ににらみを利かせて、搾取しながら統治をつづけてゆくことに、だんだん息が切れはじめていた。一人の旅行者の僕にも、それがわかるような気がした。気むずかしい、英国紳士は、ずっこけたところがなく、性《セックス》ひとつにしてもゆきあたりばったりな下国の異種族の女をあいてにすることが体面上ゆるされず、ウイスキーを飲んで、忘れて眠るという生活をつづけていた。むろん、本国に置いてある妻には、そんな未開地について来るのは、稀な例で、むしろ、三年、五年、孤閨をまもる方を選ぶ。

　それはさて置き、話を、マライ半島の南端のバトパハで、軒廊《カキ・ルマ》の大提灯のそばで、大提灯に対して、小さな華燈《ぼんぼり》のような女が立っていたのに気付いた、そのことまで話を引戻さなければならないことになった。すぐさま、僕は、その女を、白素貞とくっつけてしまったわけだが、まず、その依《よ》って来《きた》るところを話さねばならない。そのことを話すたよりとして、そのときからさらに五、七年遡って、僕ら二人が上海を訪れ、杭州にあそんだとき、西湖の湖辺の高台にあった、十三重の塼塔（瓦を積重ねてつくった塔）を見あげ、塔の窗から大木が生え、小禽が巣をつくって、そのまわりにとびさわいでいるのを見あげたものだった。塔のうえには、経巻が納めてあるというが、いつくずれてくるかわからないから、なかへ入るのは危険であると言われた。塔のできたのは、一千年程以前と言われるが、まあ、そのくらいは経っているだろうとおもわれた。入口まで、雑草を踏んで行ってみたが、入口に立っただけの震動で、礫《つぶて》のような破片が雨がふるようにばらばらおちてくるので、さすがに入る勇気がなく、そこからはなれた。花港観魚や、三潭印月とともに、西湖八景の一つになっているが、八景をえがいた日傘を記念に買ってかえったが、それから、二年もたたない頃、ふたたび中国を訪れ、同行者と杭州に再遊したときは、丘のうえに塔は、もうなかった。丁度、丘を対面に見あげる位置にある、在杭州日本領事館に職をえていた小説家の小田嶽夫君から、彼が朝起きて、丘をみながら食事をしていると、突然、いままで見えていた雷峰塔が消えてしまった。眼のまちがいではないかとふたたび凝視してみたが、やはりない。塔が千年ぶりでくずれる瞬間にゆきあわせたのだという話をきいた。塔の伝説としては、その塔には、白蛇の精の白素貞という女が、法海という和尚に本身を見あらわされ、男から引離されて、鐃《にょう》鉢《はっ》にもられ、雷峰塔に法力《ほうりき》で封じこめられてしまったという話の筋である。雷峰塔がくずれるとき、白蛇が、この世にかえってくるときであるというから、いま頃は、どこかでなにかを画策しているかもしれない。

上海へかえって、僕と彼女は、大舞台か天蟾舞台かで、『雷峰塔』の通し狂言をみることになった。肝心の白蛇の精、つまり白素貞を誰がやったか、まだ、その頃は、京劇に興味がなかったので記憶していないが、水妖と天兵との修羅場は、武生の活躍の場で、役者たちの軽業師のような立廻りが、しろうとの僕らには、とてもおもしろかった。同工異曲な芝居が他にもあって、所が揚州金山寺に変り、法海が布袋和尚となっているのを日本のテレビで録画録音しているのを、ついこのあいだみた。上田秋成の『雨月』にある「蛇性の淫」は明末の馮夢龍（古今の伝奇をあつめた『古今小説』、『喩世明言』、『警世通言』などの著作があり、最後は明末の動乱に殉じた。江蘇省の人）の『警世通言』のなかの「白娘子ながく雷峰塔に鎮めらる」を翻案したものである。主役はそんなに有名な役者ではなかったが、上海の猛優麒麟童が大活躍していた記憶が眼の底にのこっている。白娘子の役は、老優ながら、尚小雲が迫力があるのではなかったろうか。

諸君は、孟夏、氷塊をなかにして、見知らぬ女と対いあった一つの瞬間を記憶に戻してみたことがあるだろう。それは、まさに進軍のまばゆい、光輝にみちたエクスタ一ズより他にくらべるものがない。眩耀をもう一つ裏返した亜鉛板《とたん》のように、まっくらな極限をみせることもある。素貞の抱いている闇《くら》さが、ゆるい波間に、まばらな光をちらしながら、もともとへだたっていることしか方策のない、人間と蛇虫のあいだに横たわっている奈落の大きさをのぞかせる。

しかし、僕がそのとき眺めていた彼女は、人間と蛇性の不可触ではなくて、ただ、日本の男と、中国人の女という、さほど決定的とはおもわれない、地域的にも近い隣国同士の民族、国家の利害でおもいこませられた反感や、軽蔑をたがいに抱いていて、とりわけ昨今の不穏な国際情況のなかでは、保身的にも親睦の情を示すことが、危険でさえあった。この白素貞は、かるいすずしいのような、際立たない白地に、よくみるとこまかい地紋の浮出した支那服を着て、束《つか》ねた髪には、一輪の茴香《ういきよう》の花をさしているのが、いかにも清楚にみえた。バトパハの街の経済をにぎっている華僑の物持の一人娘といったところで、南方にうつってきて何代になっても、故里のしきたりを忘れない良家の娘の気品らしいものがうかがわれる。瘦身で、赤道直下にちかいところで成人しても、すこしも日に焦《や》けない。無造作に塗った紅花が黒ずんでみえたが、蜜柑の袋のような唇の丸味がぷりんとして、ときどき、のぞく白っぽい舌先といっしょに、ひどく情感的であった。僕の、じっと正面からながめている眼に出会っても、あわてて顔をそらせたり、眼を伏せたりすることもなかった。

だが、その表情は、ふしぎにはなやかな哀愁をたたえて、蛇性の淫などときめつけてしまうのがいたわしかった。それでいて、決して弱々しくはなく、どことなく芯づよい性質にふれ、かたい小骨にふれるおもいがする。このへんに出てきている華僑は、たいてい粤《えつ》か、閩《びん》、つまり両広か、福建のいずれかであるが、この娘は推測するに、福州人であろう。うす手な肌がそれを物語っている。彼女の母の太々《たいたい》は、結髪《くしまき》の芯《しん》に、ふとい笄《こうがい》を一本縦にさして、纏足しているようなかたちでよちよちあるいているにちがいない。ただ、異様におもわれることは、それも、南洋であれば別にふしぎともおもわれないことだが、涼しそうな彼女の襟元に、釦《ぼたん》のかわりに、真贋は見きわめにくいが、恐らくはほんものの金貨を使って、ひらいた胸にかけた胸飾りの黄金《きん》の小札《こざね》の鎖つなぎも、うそとはおもわれなかった。馬来《マライ》、爪哇《ジャワ》の女たちは、全財産を金の装身具にかえて、身につけてあるいているが、裕福らしい華僑商人の娘の彼女にとっては、ただの物好きからのお洒落にほかあるまい。彼女の足もとの角柱の蔭にも、煙鬼《えんくい》（阿片吸飲常習者）が、枯枝のような片足をまげて、ジュ、ジュと、水がつまっているような湿った音をさせて阿片を喫《す》っている。蔣介石の新政府このかた、中国本国では、禁煙の宣伝がゆきわたっているが、ここまではなれた辺土では、大目にみられて、いぎりす政府は、どうしようもない常習者を登録して、ところどころに公烟所を設け、くすりのきれたものにのませる制度をつくっている。くらい、奥ゆきのふかい家のなかで、けぶりを濛々とさせ、縁台のうえに煙鬼がごろごろと寝て阿片を喫《す》っているのが、往来の通りすがりにものぞいてすぎることができる。豆ランプばかりがともっている異様な眺めは、赤裸にちかい苦力階級の痩せ衰えた姿とともに、地獄の入口階段のようである。

くすりがきれて、癲癇《てんかん》のように顔やからだをひきつらせて硬直している彼らに一口吸わせると、吸っているあいだに元に戻り、しゃきしゃきと仕事をつづけることができる。植民地政府当局では、くすりを労働者に与えることで、搾取の能率をあげようと企んでいたようだが、阿片戦争以来の、外国資本家のやり口はみなそれで、その搾取者見習として同文同種の日本人も入っていることが、中国側、その他、アジア諸民族にとっては、いかにしても心外なことであるらしい。彼女を脅かさないようにして、僕はなにか話しかけてみたいとおもったが、実際にそれはなかなかむずかしいことであった。必ずしも、日本人のすべてが隔意をもつものでないことを中国人にわかってもらえばそれで大成功なわけだが、彼らにとってそれがわかったとしても、まったくなんにもならないことなのである。中国人が徹底してエゴイストであるように、日本人もまたエゴイストなのであるから、利害の点ではなかなかゆずりあわないだろうが、そしてまた、同胞たちの思惑から、親近する態度がはばかられるということも充分考えられるが、そんなことではいよいよ、互いの溝がふかめられてゆく一方とわかっている。最初に僕が中国へあそびにいったときは（一九一九年）、すでに兆《きざし》はあったにしても、第一次大戦でおなじ陣営にいてドイツと戦っていた直後で、連合軍側の凱旋行進をブルッセルで迎えたほどであったが、その後は、華僑の街をあるくたびに、中国人の排日感情がひどくなってゆくばかりであった。そして、この帰途《かえり》の旅では、その関係が、ゆくべきところへ行きついたという感じであった。話しかけても、彼らは、そっぽをむいてぷいと立去ってしまう。中国人に同調して、朝鮮の遊び人めいた若ものたちも、日本人とみると、喧嘩をうりかねない態度で、じっとこちらの出かたを、険《けわ》しい眼で睨みすえた。幸い、僕は、むかしから腕力《うでだて》に自信がないので、まちがっても彼らにむかっていったりする心配はなかったが、すぎてきた港、港では、水夫などの気早なのが、騒動をひき起し、止めに入った高等船員が、海水に落されて、大怪我をしたなどという噂を二回、三回きいた。すでに、東洋の民族同士で戦争がはじまっていたのだと、あとになっておもいあわせることができた。シンガポールあたりの空気も、平静のようでありながら、やはり不穏でないとは言いきれなかった。しかしバトパハはここまでくると、世界の動乱などからは程遠い場所で、本国とは切りはなされた辺陬の楽土のようなところであるし、もともと日本資本の余慶（センブロンのゴム国や、スリメダンの鉄鉱山による）でひらけたようなところで、正面から日本人に栖をつくることはできない筈であるが、華僑からの援助の大きい中国本国から、多勢の宣伝員が派遣され、華僑たちの愛郷心をつついて廻って、政府協力の実をあげていた。往路とおなじ行路を、往路とはまったくちがった人間たちの眼で見まもられながら、僕は、おずおずと先へ踏込んでゆかねばならなかったのは、少からず、気がかりなことであった。そんな空気だったので、臆面なしの僕も、彼女に言葉をかけるのをためらって、氷塊越しの玫瑰《ばら》一輪を眺めることで、心を怡《たの》しませていた。それに、第一、どこのことばで話しかけていいかもわからなかった。英語は、僕の方が、殆ど通じないし、中国語は、上海のいけぞんざいなことばをほんのすこし、福州語というとどんなことばなのかまるきし見当もつかない。僕は、話がしたい、という意志の表現として、乾いた唇をうごかした。それがわかったらしく、彼女の眼がまっすぐに僕を見た。僕は、そうなっては、わかっても、わからなくても一言なにかしゃべらなければならない羽目になった。それでも猶《なお》ことばが出ないで逡巡していると、女は心の読みとりがはやく、

「君、にっぽん、僕になにを話しますか?」

まぎれもない日本の言葉で話しかけてきた。僕は、呆気《あっけ》に取られたように、彼女をながめていた。

「チイさい時、僕は、コーべにいました。コーべはよいところね」

僕は、彼女がおもいだしている、眩々《くらくら》する神戸の波止場の塵芥をぶちまけた海水を、じぶんの記憶にダブらせて眼に泛《うか》べた。おびただしいコンドームの使いすてが、水くらげといっしょに揺れていた。あのきたない海が旅の帰着点だとおもうと、帰るということは、自由のない、革袋《カバン》のなかにとじこめられることのようにおもわれた。

「コーべより、バトパハのほうがいいね」

と僕は言った。

「コーべには、僕のおじさん、いた。僕、小学校三年まで、そこにいた。子供たち、いじわるいたけれど、それでもコーべ、たのしかった。男の子、女の子いたけれど、みんな、僕をおもいだしているよ。きっと」

人間をこんなにいじらしくつくった神に対しての憎しみが、僕の心を、苦しい油搾木《しめぎ》にかけて、ひとりでに指の先がふるえ、その手が彼女の肩先にふれようとした。燃えさかるコークスの火のような彼女が、そのとき、影芝居の人形を裏返すときのようなすばやさで、倏忽《しゅっこつ》として居なくなってしまった。そして、町の赤甍の屋根のうえに、のしかかるように、火浣布《いしわた》のような熱雲がひろがって、青空の澄んだところは、孔雀の首すじのようなコバルトいろをしていた。オピアムの幻覚のなかで、この色はどんなにうつくしくみえるか、と僕は考えていた。

いったいに煙鬼たちは、のまない人よりも筋道を立てた考えをもっていた。彼らは、味をしらない者の抗議に対して、麻薬を知らない人たちには、のみかたをしらないから害悪があるので、分量に溺れず、適宜に加減をしてのむ分には、百益あって一害もないと主張する。そして酒のみのように、内が外を巻きこんで、鼓脈をはやめるようなことはなくて、麻薬はむしろ冷徹が特徴でなんとはなしに調子の外れている感じはするが、理屈を言えば、それなりに筋を通す。僕の友人の麻薬患者がいて、その人は、製図をしたり、幾何学の問題を解くのが好きで、しずかな部屋で、いつもひとりでひっそりと高等数学にとり組んでいた。わからないことは、いっしょに首をつっこんで、その得意そうな解説をきいていると、展開する数理の世界の次元がちがっているので、全くついてゆけないことになってしまう。諸君が、あの迷廊の世界に、一緒につれ込まれたら、えらいことになる。フランスの十九世紀末、乃至は二十世紀末の詩人の脳髄のひだのなかに、青白いショートがあって、諸君を導くばかりか、そのつながりが、何万光年の星の世界の現実にただちに交流する。シャルル・ボードレールや、シュルレアリストたちの非現実の世界を生活しようとする人々、ルドンや、ムンクの日常を日常とすることを夢みる人々と、麻薬の世界はまったく類似する。中国の煙鬼たちは、古風で、やわらかしい煙の輪のゆらめくなかで、やはり、葛天氏の世のなかや、巫山、巫峡の後朝《きぬぎぬ》を、藹々乎として夢みていたいのだろうか。友人のI君は、中国人には、夢がない、と言ったが、それはどういう根拠から言っているのかよくわからない。夢は、阿片のなかの現実にくらべて淡泊で、はかないので、捨てていることを言っているのかもしれない。古代から、漢字の形容詞が多いことも、なにかの夢をそれで定着しようとして、いつも表現に失敗してきている中国文学史を指して言っているのかもしれない。豪富な素封家か高官ででもなければ、四六時中阿片をきらさないでいることは、困難である。そこで、金持の妻は、手をまわして阿片を買いあさり、常用者の夫の手元にくすりが切れたとき、その価格を倍にしてうりつけ、巨万のへ、そ、く、り、をつくるものがいたという話をきいた。二、三度、僕も飲んでみたが、その良さがわかるに至らなかった。良さがわかるということは、すでに中毒症状の証拠なのだ。日本では、原料の罌粟《けし》や大麻の栽培は禁じられているが、中国では済南《チイナン》あたりにひろびろとした罌粟畑があって、見る眼渺《はる》かに、花びらの海が波うち、いい気になってそのなかの小径をあるいている人が、モルヒネの風を吸って卒倒する者があるという記事をなにかの折りによんだことがある。

僕は、足もとにごろごろ寝ている煙鬼どもを踏まないように、豆ランプを靴の頭で蹴とばさないように、よほど注意をして、軒廊《カキ・ルマ》をあるかなければならなかった。暑さをがまんすれば、軒廊の散歩はおもしろかった。おうむ、鸚哥《いんこ》の派手な色彩と、けたたましい絶叫の店先は、僕に力をつけてくれる。フットボールくらいある羊の陰嚢がころがしてある前に、マライ人たちが赤い捺染《なっせん》のうすぼけた裳《リロン》をひらいて、血管が、メロンよりも繊細に絡んでひろがって、ひどく神経質な存在にみえるそれを、つかんだり、さぐったりしながら物色している。なるたけ遠くのほうから僕はそれをスケッチする。それから、アラビア人のやっている咖啡店に入って、コーヒーのざらつきが、底にたまった、うわ澄みのコーヒーを、暑気はらいに一杯のむ。氷水《アエ・バト》の果汁よりも、あと口が仄《ほの》かである。肌着のうすシャツが干いて、さらさらしてくるのは、夕風がうごいてきて、華僑の家から、レコードの、胡弓と柝《き》につれる女がたの甲だかい歌が、街にながれてくるころで、日によっては、驟雨の来たあとが、爽やかさでいっぱいのこともある。河口のニッパ椰子を鳴らして、海からの西風が吹きあげてくるときは、南の国にいる爽快さを、こころの底からしみじみと味うことができる。それに、夢らしい夢もなさそうな僕ではあったが、心のそこにはまだ、のこっている懐郷の情があったのか、今日、ゆくりなく、見も知らない女から、日本のことばで話しかけられたことが、大きな衝撃となってこころをうち、恋のあいてにめぐりあったようにおちつきなく、夜おそくなるまで街なかを徘徊《はいかい》した。しずみこんだ夜空に、沁みるようなしずかさが湧き、ジャングル寄りのしげみで、不眠症の猿の群が、ものにおびえたように、しわがれた声で、じい、じーいと啼いている。闇の部厚さといったら、はてしがない。懐中電燈でももたなければ、野生の小獣の他、虎豹やコブラも出て危険で、川すじの道はのぼってゆくことができない。結局、町にかえって、日本人クラブの二階の藁床で眠るよりしかたがない。

関帝廟前好事《こうず》あり

シンガポールでは、すでに、中国人の対日排斥感情が激しくなり、夜の娯楽場の「大世界」などで日本人がうろうろできなくなっていたが、バトパハでは、まだ、これといって両国人のあいだの抵抗、摩擦はおこっていなかった。それにしても、南方華僑の排日も、本国の政府の言いなりに、足並みをそろえさせられているだけのわりでもない。陳嘉庚や、胡文虎兄弟等の財閥が起って、資本家として発展するためには、日本の大資本の侵入の途を断つより他はないわけだ。それは、華僑にとっての子孫繁栄の将来につながる問題であるから、真剣に考えないではいられない筈だ。パリでも、ロンドンでも、ヨーロッパのその他の土地でもそうであったように、中国人も、日本人も、自国民の優秀性の余沢にあずかって、おもいきって、排他的にも、偏狭にも、みせかけの包容にも、なりうるわけで、その点で自由主義のあめりかも、径庭はない。きりすと教国人は、きりすとの神にみはなされた民族を、じぶんたちと一緒に考えることは、外面は平等精神でとりつくろっても、心の底の底では、潔《いさぎよ》しとは考えられないらしい。バトパハの華僑には、出先の荒稼ぎの商人がおおかたで、本国の政変などに特別な関心をもっている者はなく、新しい産業の余沢でうるおっている街なので、市の歴史もあさく、シンガポール、マラッカや、タイピンや、爪哇の諸都市、バタビアやスラバヤのように、三代、四代つづいて築き上げたような人たちはいない。

なんと言っても、小さな市で、センブロン河の川上《かわかみ》の外れから、川下の海の見えるところまであるいても、二十分か三十分ほどで家がなくなってしまう。

クラブの藁床で翌日、眼をさますと、昼近く、妙に、腕や足が懶るかった。階下におりて出かけようとすると、クラブの書記の磯二郎氏に呼びとめられた。

「まあ、きょうは、他所《よそ》へゆかんと、たまには、うちで、話をしながら、めしを食いなさらんか」

と言うことであった。クラブの二階にただで泊めてもらっているので、食事まではとおもって、遠慮して、外でたべるようにしていたので、そのことを言って一度は辞退したが、話があるというので、引きとめられるままに椅子に坐った。鶏のカレーと、胡瓜の煮たのを、ジョンゴス(召使)がテーブルにはこんできた。

「金子さんは、この土地が気に入ったのとちがいますか。そやったら、一年か二年ここにおちつく気はありませんか。お話きくと、奥さんはまだ、当分あちらにいられるもようで、……もっとはやかったら、そのときまでと言うことにしてよろしいのですけど……」

話しだしは、そんなふうであった。書記のしごととの手が廻らないので手つだってくれとでもいうことかとおもっていると、そうではなくて、ゴム園や、鉱山の従業員の子供の小学教育を、内地にかえっても、おくれてついてゆけるようにたのむということであった。

「先生は、二階の藁床に、一人寝ているじゃありませんか」

と、僕が、ぬらりと彼のおさえ込む手のしたから抜けると、

「あれは、のみ助で、手を焼いて居ります。あんたは、酒ものまんし、大学まで行っていられるから、学力も充分やし……」

「そう言えば、この頃、かえってきませんね」

「あの人も、えらい年上の女がでけて、生徒の親たちから注意をうけて、わたしが困っています」

「女？　どういう女です？」

僕は、彼にうちあけられて知っていたが、そして、彼につれられて、その女のところへも出かけていったことがあるが、とぼけてきいた。

「あれは、まだ二十代やが、女は、むかしの娘子軍の果《はて》で、たしか四十五歳を越えている筈です」

「そうですか。しかし、若いからしかたがないでしょう。適当なあいてがいないことだし、町うらの広東娼婦《ピイ》では、味気ないし、娘子軍の新人荷をイギリス政庁が禁じてしまったし、それでは、いったい、どうすればいいんでしょう。いい細君を日本からよぶとか、なんとかしなければ、彼も、おちついて働いているわけにはゆかないでしょう」

磯さんは、口をとんがらせて、黙っていた。

その老女のところへ飲みにくる日本人の若者は彼だけではない。横光利一の友人の、上海の今鷹さんのまた友だちの横井という、スマトラ木材の出張員の、いつも、しゃれた服を着ている若者にも、そこへつれられていったおぼえがあるが、それがバトパハのどのへんだったか、狭い土地とは言いながら、人まかせでついていった道は、見当のつかないものだ。支那家屋を改造した入口の部屋には、衝立ようのものがあって、紐で首をつながれた小さな猿がまいまいしていた。万年筆をわたすと、ちゃんと字を書くまねをした。たばこの火のついた煙管をわたすと、火をほうと吸いかけて、衝立のうえに飛びあがった。小さくても、もう成人だときいて、横井君は、「小さいな。こいつは。これは、猿の盆栽だ」といって、ひねくり廻し、牡牝をしらべたりした。

僕と磯二郎書記との話は、そのくらいで結局要領をえず、「二、三日まあ、考えさせてください」と言いはしたが、肚のなかでは拒るについての当り障りのない、よい理由をそのあいだに考え出そうという魂胆であった。バトパハの近辺は、たしかに気に入った環境であった。二年や、三年いるのが決していやではなかったが、子供たちを教えることには、なんの自信もなかった。小学教育といっても上級となるとなかなかむずかしい。数学などもすっかり忘れて――というよりもその頃からすでに、ごまかすことが上手で、できる子供の横に坐って、わからずに、そっくりうつして卒業してきたので、鶴亀算一つにしても、むずかしいものだとしかしらなかった。クラブの外に出ると外は、午後の熱雲が大きくかぶさりかかっていて、二、三町もあるくと汗で、シャツが背なかに貼《は》りついた。スケッチ・ブックを左わきに抱え、右手にタオルをつかんで、川下の方へゆく道をあるいた。道は、自動車《くるま》がゆきちがう程の幅で、右側は、熱気でしろっぽけた草土手がつづき、土手のむこうに水生椰子（ニッパ椰子）の葉末の揺れているのがみえるので、川すじがあるのがわかった。五、六町もゆくと、土手の一ヶ所が切れ、にごった川水のたまりと、ひしがれたニッパ、そのへんに木くずがちらばっていることで、そこが荷船《トンカン》（山の鉱石などをはこぶ）の造船所であることがわかる。たまり水のところまで、ぬかるみを踏んで近づくと、どぼんと音がして、蛇の姿が水をくぐり、濁水にすぐみえなくなった。このへんには、腹のうす紅《あか》い川蛇というものが多く、婦人の小鞄などに細工して、いぎりすのデパート、シンガポールの目抜きにあるジョン・リットルなどの窗飾りに並んでいる。

「また、会いましたネ」

あかるい声が弾んで、川蛇の精、きのうあった白素貞が、草叢の土手に立っていた。白夫人伝にも、白蛇の精が人間をひきよせ、運命をもてあそぶことが書いてあるが、僕も彼女にたぐり寄せられたような無気味なおもいを味った。肌の底によごれがあるというよりも、そこのよごれが透きとおってみえるほど透明な肌が、人倫でない感じをあらわしている。蛇精の柔肌は、よくみると、うすい硝子片を重ねたうろこで蔽われ、その底に灯をともしたようなささ身が息づいている。冷たく汗ばんだ手で手くびをとられ、銀いろの草をおしわけてゆくと、もっと川しもに、関帝廟が、千本杭にささげられて、立ちぐされになっていた。それでも近頃参る人があるとみえて、煤でくらい堂に、香のにおいがのこっていた。関帝の木像がそれと認められたが、髯から上は、くらくて、のぞいてもみえなかった。のぞいている僕の手をつかんで、のぞかせまいと引っぱり、土手をおりて、道に出た。一人の人通りもなかった。白昼の光のなかでみる彼女は、鏡のおもてのように眩々《くらくら》してうしろに張った水銀のようにくらかった。関帝廟とは道をへだてた側のみすぼらしい一軒家に僕をつれていった。若者とも老人ともわからない、みすぼらしい男が、しきりに鑿《のみ》の手をうごかしていた。海をわたって雷雲が近づいてくるらしい気配があって、鑿の頭をたたいている金槌の音が、あたりにこもってひびいた。

「この人、僕の兄さんです」と、僕に紹介し、その男の耳が遠いらしく、耳のそばに口をつけて、僕のことを説明するもようであった。

「荷船《トンカン》をつくる大工です」

と、彼女は、僕のほうをふり返って言ったが、現に彼が作っているものは、ながい寝棺であった。じぶんの入る棺を生前から、じぶんの手でつくる習慣があることを知っているので、僕は、ふしぎとも思わなかった。トンカンつくりの仕事がこのところ暇で、棺造りをやっているのにちがいない。隣りでは、煮物の鍋が焦げる音がしていた。やがて、その兄嫁という兎唇《みつくち》のマライ女が、子供を背負った姿で首を出した。富裕な華僑の家にうまれたが、放埒なうえに、商才がなく、水仕女かなにかだった現在の女とくっついて、バブー（婢）に子供を生ませるようなことでは、ゆく末の迷惑がおもいしられるというわけで、放逐され、こんな侘住居に住んで、トンカン大工になっていることが、きいてみるまでもなく想像された。一人の兄を見すてることができないで彼女が、時々、こうしてやってくる、というゆきさつが、きいてみるまでもなくわかっていた。バブーあがりの兄嫁は、底抜けに気のよい女らしい。彼女は、炒米粉《ミーフン・ゴリン》や、旗魚の干魚《ほしざかな》などをはこんできて、木屑のちらばったなかで足を投出し、みんなでたべた。屋根にのせた亜鉛板《トタン》に、驟雨のさきぶれが音を立てはじめたので、兄嫁はいそいで、干し物をとりにおもてに駆け出した。

　話は、おおかた彼らのあいだで栄えていたが、僕には、なんのことやらわからなかった。ひたすらここでは、僕は、日本人《リーペン》であること、東洋鬼《とんやんくい》であることを忘れて、人間と人間として、あいての仲間入りしたかったのだし、白素貞も力を添えてくれたのだが、そういうわけにはゆかなかった。あまりリーベンは、いけないことばかりやりすぎてきたのだ。そして、排日感情（明治のあめりかに於ても、大正の中国に於ても）をあいて方からひきだすような態度を改めなかった。その責任は、教育にあるのか。国力の膨脹に伴う傲《おご》りにはじまったものであろうか。その当時、切実に考えていた、世界の異種族の混血が平和の早道であるという説も、ひじょうに苦心をして、いろいろなことばをでたらめにくみ合せてしゃべってみたが、理解したのは、白夫人だけであった。彼女の頭は、もののわかりが早く、すぐその理否をさとって、じぶんの意見を述べた。

「僕もこの小舎の隣りに小舎を建てて住みたい」

と言うと、「それは、できない」と言った。「なぜ？」「淋しいから」「君が毎日来てくれるだろう」「それも、できない」という。「日本人だからか？」とたずねると、彼女は「それもあるが、夫が黙っていないだろう」と答えた。僕は、兄夫婦の前で、彼女の胸のふくらみにさわったが、それは、木綿（カポック）のようにふわふわしていた。「君の第二の故郷のコーベへ、このままいっしょにゆかないか」とさそうと、「夫はバトパハの顔利きだから、とても抜けて日本へ行くことはできない」という。「では、ききたいが、君は、夫を愛しているのだね」「オフコース」と、彼女は、大仰に答える。「どっちにしたがいいか、前の祠へ行って、関雲長に意見をきいてくる」と、僕は、立ちあがる機会をつくった。おおかたできあがった棺を僕ははじきながらおもてに出た。廟のなかをもう一度のぞいてから、倒れた材木を踏んで廟の横に出た。彼女は、敏捷に、筏《いかだ》渡《わた》りのような恰好をして、あとについてきたので、そのからだを受取るようにして唇をつけたが、彼女は、逃げようとはしなかった。

豪雨がそれて、ふりそこなった空の照りつけがひどかった。背のびをすると、いちめんのニッパ椰子のむこうに、真珠青《パール・ブリユウ》の海がはるばるとひろがるのがみえた。そこらは、鮫の昼寝の領分だ。

関帝廟第二

あの頃ほど、この時間が苦しくて、刻々が勾配《こうばい》険しく、わたるに切ないにもかかわらず、一方で、それが途方もなくありあまっていたようにおぼえる時期は、他にはなかった。バトパハの西のはずれは、底なしにひらけた熱帯の炎天が、燃えて、くらんで、白っぽけ、渦巻をつくっていて、見ていると、宇宙の物象がその渦に吸いあげられてゆきそうで、その涯《はて》がもっと凄まじい闇黒となって、冥々として、昏々《こんこん》、黝々として、猶且つ、それが宿業の涯から巻きあげられる、絶えず変転して休息のない焰の梵字となって揺れている。そして、川口から海峡にむかってひらける眺望は、しろっぽけ、河洲を埋めて、どこまでも密生していた。ニッパ椰子（水生の椰子）が先の滲《し》みこんだ鋭い切先で、熱空を叩き、その裏返しの、黒くふすぼったレントゲン写真のネガ映像が二重、三重に重なり、また、離れて、微かな風に揺られていた。そのけしきのなかにいると僕は、どこのくにの、いつの歴史のなかをじぶんがあるいているかわからなくなって、その瞬間、じぶんが信ぜられなくて当惑するのであった。関帝廟のなかは狭くて、ふたりのからだをかくすことができない。

正月ごとに貼り変える、吉祥文字を書いた紅唐紙は、字がよめない程くすぶって、剝がれ、左右の柱にしがみついていたが、跳ねあがった泥が乾いて、廟を支える、水につかった千本杭から、廟の側面の羽目板《はめいた》のうえまで、いちめんに汚れが粒々立っていた。もう一度、白娘々を引きよせようとしたとき、僕がからだを靠《もた》せかけていた、供物壇のてすりの横木が、ぎいと鳴り、ピシリとどこかが折れたような音がした。ほんのちょっと僕が呼吸《いき》をつめていると、埃《ほこり》だらけな横木のうえを、カサカサと乾いた音を立てて、十センチぐらいのながさの蜈蚣《むかで》が、わたってきて、彼女のむきだしの腕に移った。僕は、手刀の呼吸で彼女の腕を、手の腹でうった。手応えがあって蜈蚣は床に落ちた。僕は、また、それを、靴で踏みにじったが、床が穴だらけなので、蜈蚣はしたの、密生するニッパのあいだに落ちたか、それから水に落ちたか、わからない。どこまでも執拗そうなそのいきものは、僕の掌でつぶされて、そのからだの一部が、手のうえにのこっている。僕は、左の手で、彼女の手くびをつかみ、蜈蚣の痕跡のある手のひらに唾液をつけて、やや、青ざめて神経質に静脈が底を走っている生白い彼女の腕を必死になって摩擦した。子供のころ大人たちが僕を寝かしつけるときに話してくれた、むかし話の俵藤太秀郷という武士が、瀬田の唐橋をわたるとき、橋いっぱいになって寝ている大蛇を踏んで、おおかたの武士は、顔色を変えてひっかえしたが、秀郷が平気で踏んで通りすぎようとした勇気を買われ、大蛇に変身していた、琵琶湖の底の竜神に懇望され、現在、竜宮が、三上山から下りてきて、竜宮の眷族をさらってゆく、三上山を三つ輪にまわってあまるという大蜈蚣を退治してくれとたのまれる。その時、秀郷が、強弓の矢の鏃《やじり》に唾液を塗って、その蜈蚣を退治するというくだりがある。それ以来、人間の唾液が、命取りになるということをおぼえていて、早速、その記憶を生かせたというわけである。その他にも、蜈蚣の咬みあとには、咬んだ蜈蚣をつかんで、石ですりつぶして、患部に塗ると毒を散らすという言いつたえのあるのもしっていた。僕の乱暴狼藉に近いふるまいを、彼女はただあっけにとられて、するがままにされてみているより他なかったようすであった。彼女は、なにか、しきりにしゃべるのだが、その意が一つも通じないので僕は、手垂げ鞄から万年筆をとりだして、手帖の端から一枚引きちぎり、尊名と書くとさすがに意が通じ、ペンを僕に返しながら左食指で僕を指さし、「君の名前は」とたずねた。金光晴《チンコンチン》と書いて、日本人のクラブの二階にいると記し、遊びに来いと、書き添えて、僕の住所と名だけを破って、彼女にわたした。

バトパハの街に入るまで、ふたりはつれ立ってあるいた。あるきながらも、立止ってふたりは筆談にたよった。はっきりとはしないながら、彼女の家は、この町の繁華街にあるふるい雑貨商のような店舗であり、うら庭の小さな空地で、父親は、蘭の鉢を石塀からつるしてたのしんでいるということもわかった。その頃の華僑は、本国の軍閥政府をまかなっていたと言っても過言ではなかった。南方の華僑たちが、大資本の野望をもちはじめた最初の頃で、陳嘉庚につづいて、胡文虎がようやく鋒先をあらわしはじめた時代である。白娘々（その時きいた彼女の名は、三十年をすぎた今日まで、記憶の混沌に沈淪したままで、泡一つ浮きあがってはこない）は、しきりに家に立寄ることをすすめるが、

「子供たちといっしょに、福州のことばを習ってから、訪ねますよ。お宅の人たちにあって話もできないでしょう」

と、それも筆談でなんとかわからせようとするのだったが、だいたいそんなくらいな

ことでも、一つのことを分らせようとするのは無理な話で、疎通しないあいだに双方がへとへとに疲れてしまう。外国人に意志を疎通させるのは、たいへんなことである。害意のないことをあいてにわからせるだけでも大仕事である。

　この出会はまことにはかないものであったが、万一、どちらかでも、ゆきずりのおもいだけではすまず、意《こころ》のゆくままにふるまうことにでもなったら、その結果の困難は、考えてみるまでもなく、まるでそれは、いちめん、海洲にはびこるマングローブ樹の林に迷いこんだようなものである。絡みあった鉄のくさりのなかを、手も、足も、血みどろになって焦りながら、死ぬまでそこからのがれられないかもしれない。ベルギーに残してある妻とも、日本にいる子供とも、無限に大きな空間が挟まれ、考えも及ばないへだたりができてそれが、ありうべからざる無関心にまでひろがってゆくことを考えて、物本来の姿がそこにゆくより他はないことを感じて、竦然とした。一つの関心と他の関心のあいだの真空状態のようなものを、なにかに縋《すが》りつこうとしてその縁《よすが》がなく、無限に降りてゆく塵よりも軽いわれらの存在のありかたと、不動の観念とのつながりを、どう考えたらいいのだろうか。マングローブ樹は、有縁のしがらみのようにつづいて、そのはてに無縁と忘却が、死魚の腹のように、すべてをのんでふくれあがった海のように浮いている。そのむこうへ旅立っていった人間のことを、この世代の人たちは、蒸発とよんでいる。戦後になって僕のよく知っている人が、二人も蒸発している。その時までの家族をはじめ、仕事のつながり、友人、知人、いっさいを御破算にして去《い》ってしまったことが、なんとしても納得できないので、どこかで殺されて、それがわからないままになったのだと言切ってしまうものもいれば、新しい女ができて、引きとられていったのだときめこんでいるものもいる。そして、それはどちらにしろ理由としては簡単すぎるほど簡単なことだ。シンガポールでもマライのドンゲン（楽団）に心をいれあげて、ジャングルのむこうに、彼らと一緒に去ったまま、もう何年もかえって来ない日本人のことをきいたし、マライ人の妻になって、バトパハのクラブの人が何度も引戻して、日本にかえしても、いつのまにかまた、わたってきて引き離すことのできない小野芳子の話もきき、独木舟に乗って、ジャングルの奥へのぼっていった彼女の姿を、通りすがりの小蒸汽船の窗《まど》から他《よそ》ながら見かけたこともある。僕が、心の弱さからか、強さからかわからないが、華僑に引取られて、これからの半生を、それまでの一切のかかわりを、家も、国も、妻子も、むろん、我々にすれば例えば文学や詩のことなども、すべてひっくるめてなにかの間ちがいで、元々なかったとおなじに、それになんの心の哀惜も、未練もおぼえず、ちがった風土のなかで、ぬくぬくと当然のことのように生きてゆき、元の人間社会の人々からはふしぎと言うより他はなく、いつまでも納得のゆかないままで年月が経ってしまうということで、案外それは屢々あったことで、むかしは、それを神かくし（たいていは子供などに多く、うつけたようになってかえってくるできごとを指す）と言って、ふしぎを信ずる人たちから、人間以上のものの意志の強制と考えて、合理的に解釈されてきたものだった。僕らがもっと若い頃には、縁日の夜など、迷児になって、そのまま、どこかへいなくなる小娘などの話をよくきかされたが、むかしからそれは、人さらいの所為とされ、そういう渡世人のひろい組織の手で、できるだけ遠国にうられ、茶屋女とよぶ、娼婦にされるのだと言うことも承知していた。からゆきさんの時代にも、天草島原あたりの女が自発的に稼ぎに出るものだけとは限らない。渺《はる》か東北地方や、東京、大阪あたりから誘拐されて、うられてゆくものも少くなかったという。また成年の男たちにもある突然の失踪ぶりは、もっと複雑な根があるはずで、彼らの前生涯の放棄のうしろには、じぶんでは処理しきれない重たさからなんとか逃れ出たいという気持のつもりつもったものがある、そのためと考えてしかるべく、それをわけ入ることは時として、究明する人のほうが苦しくて耐えきれなくなる底のことであるのだ。そのときまで自分の顔をさらしていた世界の扉をみんな閉して、まったくちがった、また疵《きず》なしの別世界で、別人として生きようと、考えいたることからして、普通の人間には、ちょっと決心のつかないことだ。そのまま発展する筈の前からの人生に、爆弾を投げるような仕事である。ドンゲンの魅力に心をさらわれて、ジャングルへ消えた男などは、まだ筋道が通っていて、ありそうなことであると合点がゆくのであるが、なんとしてもわけのわからない消滅は、なんといっても言葉も、習慣も不馴れな、現地人の女にいれあげて、むこうの生活に入りこんで、日本人と会うことから逃げて廻っている若干《そこばく》の人たちの心事である。そしていま、事によると、それらの少数の轍をふむかもしれない僕は、それをおもっただけで女といっしょに、ふたたび戻ることの不可能な別な環境から噴出してくる毒悪な生活臭に咽《むせ》んで、たちまちからだが黄ろく萎れていってしまうような気がした。そして、もうその足掻きのつかない、緊密なかかわりをもちえない階層のなかで、焦立つよりも、次第に安堵をおぼえ、過去のじぶんを打消すことで、おのが放逸をたのしむことができるのである。こうした地盤の落下で、いっさいの煩いの根拠を失い、らくらくと別世界に生きてゆけることは、配偶者に同調して生きうることが基本の女性たちの生きかたでは、ごく普通なことで、離れていった女性が、別な男とくらして、その男の生きかたにすっかり馴れて、再会の機があったとき、男たちが愕然とするのは、よくあることである。

それにしても、白娘々の生れて、育った社会は、造次《かりそめ》にまぎれこんではゆけそうもないふるい伝統の、本国でよりも、反ってここに、そっくりのこっているようにおもえる。

習慣と、競争の世間で、日本の本国でさえも実務からは弾き出されて、はしこいしょうばい人たちとは根から折合えない僕のような人間は、やはりどうしようもないのにちがいないと、しだいに実行不可能が、最初からわかっているという考えが、胸いっぱいに広がってくるのであった。むしろ、彼女といっしょに、彼女の従兄弟のように、荷船造《トンカン》りの舟大工の見習いにでもなって、ニッパ椰子の川洲の近くに小舎をつくってくらしている姿のほうが、ありうる図柄のようにおもわれた。

筆談ながら、それによって忖度《そんたく》してみると、彼女は、いい加減なことを、おもしろ半分に言っているのではないかとおもわれるほど心が単純だった。「僕が、日本人で、それで交際しても面倒ではないか」ときくと、「私とあなたとの心を、誰もうごかしようがないじゃないの」と答える。「僕が中国人の国籍に入るか、君が日本人になるか、二者択一の場合、どっちをとるか」というと、「どっちでもいい。愛は、国境がないもの」と、そんな按配で、まるで、雲のうえをあるいているような気持にさせられる。

バトパハの小さなさかり場（そう仮に呼ぶことにするが、それは、川寄りのマーケットのあるまわりの小区域で、華僑の店もあり、広東女の遊廓もある、アラブや、ヒンズーの喫茶店もある）と、日本人クラブの方へわかれる路で、ふたりは別れる。

驟雨が横へそれてしまったので、ひどく蒸し蒸しする。今夜も眠れない夜になるらしい。書記の松村氏は丁度出かけていて、階下にはジョンゴス一人しかいない。

「おなかがへっているなら、炒飯《ナシ・ゴリン》でもつくりましょうか」

と言う。それはもっと後でいいと一応ことわってから、水浴《マンデ》部屋に入って、手槽に五、六杯の水をかぶって、毛穴から塩をふいた、熱くほてったからだを冷やし、藁蒲団の寝台がいくつも、雑然とおいてある二階の大部屋に来てみると、めずらしく小学校の先生が、つんのめるような恰好で、枕に頭をつっこんで眠っている。それを見おろす高い位置にあるじぶんの寝台に僕も、猿又一つになって横になる。血が沸いてうごいているような感じがするのは、暑さに沸いているよりも、やはり、娘々とのかかりそめの情愛で心を燃やしたなごりがさせる業であろう。いまは、それも、五年、七年、遠いむかしに、かつてあったできごとのように、至って冷静にふり返られるのであったが、それもつめたいマンゴスチンの果肉を口にしたようなあとの甘さがあった。先生が起きていれば、話したかったが、彼は、あい変らず、昨夜一晩中飲みあかして、いまかえってきたらしく、人心地もなく、いびきをかいて眠っているのであった。

夢は蜈蚣嶺《ごしょうれい》を越えて

暑さのなかをあるいてきたときの睡りが大石でも胸のうえにのしかかって来るように、苦しみを耐えながら僕も、いつのまにか眠っていた。睡眠のなかできれぎれな夢をいくつか見た。女の家の土甕ばかりが置いてある、陰湿な納屋を通った奥のろくに光のささない密室にかくれて、もう幾日か僕はこうしているらしい。どういうことでそうなったのかわからないが、竹の寝台のうえに、うすい絹蒲団を何枚も敷いて、そのうえで僕は、裸で寝ている。小僕が、食事をはこんできて、また、食べたものをさげてゆく。便器が、寝台の足もとにおいてあるので、生きているだけには、それで不自由はないわけである。枕もとには、蠟燭台があり、赤い蠟燭に火を灯《とも》してもいいわけだが、一度、点《とも》してみて、その部屋の周りの凄まじさをみて、くらやみのなかで眠っている方がこころが安らぐことを知った。渦巻の蚊取線香のあかりぐらいが、ここではちょうどよかった。湿気ででろでろになっていても、蚊帳が吊ってあるので、蚊の難儀はまぬかれたが、他の螫《さ》し虫や、嚙み虫に食われて、知らぬまに掻きこわすらしく、指が血でぬらめいているのがわかった。蠍《さそり》や、蜘蛛が天井からおちてきて、蚊帳のたるみをわたっていったり、ときには、もっとからだの大きなものが、どさりとおちてきて、蚊帳のつり手をぎしぎし言わせながら、手ごたえのある横のパイプをつたって、どこかへ去ってしまった。チッ、チユイと、人間が舌うちをするときのような声を立てる、蚊帳の外側、壁びっしりのチッチャ（やもりの一種）の鳴声は、南の人間の心の底に通いあう特有でいたいけな、芯の弱い心根を、そのまま、そっくりつたえてくる。大やもりは、梁《はり》のすみに蹲居して、はりついた腹部をひくひくと鼓動させているらしい。突然、グ、グ、グ、グと声を整えてから四、五丁四方もつきぬけるような突拍子もない叫び声であたりをおどろかせる。ほかの物音も、鳴声もひたと止んで、しゅんとして、固唾をのんで、それにきき入る。その時間には、ばかにひりひりとした、舌に鬆《す》が立つような、絶望的な化学化合物の味がする。それが液体にしろ、気体にしろ、そのどれの裂け目も、有毒な酸化金属が粒々立ち、大汽船の機関室のように、たえまなくいらだたしい雑音が耳を聾にするばかりだ。眼がさめ、気分が確かになってから、エンジンや列車とおもっていたのは、一時ふりそびれてよそにいってしまったと思った驟雨が小もどりしてきた、雨の音で、現実と、夢とのあいだの厚味がないので、瞽者の耳にそんなふうにきこえてくるわけであった。

白娘々の腕からつぶしてふりおとしたとき蜈蚣にふれて手のひらが、火点《ほて》っていた。もう一度ふれたら、火傷したようで、火腫れになりそうである。幸い、寝台のうしろの棚に木箱に入れた『本草綱目』（明の万暦年間刊、李自珍著）があるのをさがし、このふるい百科辞典から蜈蚣の条を引いてみると、蜈蚣の敵は、鶏、なめくじなどとでている。酒缸《かめ》のおいてあるしめったたたきは、なめくじがむらがって、くらがりのあちこちにへばりついていた。蜈蚣は、そのへんには出てこないかもしれない。それは、日本へかえったあとでしらべた、と言えば学者ぶるが、子供の驚風の妙薬とか、ながき一丈余のものは、牛を食うなどと書いてある。背は、黒光りして、腹節は、黄ろい。蛇性とはまた別箇な、金属的な硬質ないやらしさと、その毒性の激しさをもっているのが、形態からさえ感じられる。娘々は、家が夜ふけて寝しずまってから忍んできた。知っているのは、小僕ひとりだ。娘々は、つめたいからだをしていたが、からだに火の線が一本貫いているような女であった。僕は、手の甲のがさがさして、てのひらが、他愛なく柔軟なのが、いつも、じぶんでは負け目《ひ》なような人間で、いまやもう、彼女の意に曳かれてうごいているよりしかたのない身のうえであるが、さすがにじぶんから先立つ事をはこびたいこころはあったが、この現状では、皆目どうしていいか見当がつかず、潔く、さされるがままに悠然としているほうが賢明であると、しまいには、すっかり肚をきめてしまった。

そんななりゆきの途上で僕は、じぶんでも何故そんなことを避けようとおもえばなんでもないのに、気まぐれか、苛責をじぶんからもとめてたのしむように、その瞬間は、将来の面倒など敢《あえ》て考えてみようとはせず、至極無分別に、その場の感情でうきうきさえして、新しい関係をつくっておいて、あとになって、しだいに莫迦らしいじぶんがわかってくる、知れきったことの何度もの繰返しを止めないのか、それは、病気と言うよりほかしようがないのであった。そのときも、こんどは、ひどいことになる、という恐怖があった。いちばんいけなかったのは、蔣介石が北上して南京に入り、革命政府を樹《た》てて排日運動をテコにして政権を固めていた最中で、南方華僑の排日勢力のもっとも気勢のあがっていたときであった。例によって、バトパハや、マラッカまでも、本国からの宣伝員が乗りこみ、暴力団が手足となって、在留日本人と小ぜりあいがあったり、愛国心昂揚を兼ねて、華僑が現地人からしぼった金を、さまざま理由をつけて献金させ、婦人会や、女学生団体が戸別の醵金に街なかをあるき廻っているのを見かけるという物騒な時代であった。すでに第一次の上海と満州の事変がはじまって、中日戦争がもはや避けられない形勢になってきたことを、当事国の人たちばかりでなく、欧米列強の日本と利害の突っかかう国々の人が、感情的になって口にするようになり、親日家と言われるもののなかで早々と滞在を引きあげる者が目立つほどになってきたと、それから二ヶ月ばかりあと、僕が帰国した時の友人達の感想であった。そんな傾向は、外地に於ては、より早く、より容赦なく耳に入ってくることで、そんななかをどんなにからだを小さくしても旅していることじしん気にかかることなのに、このように泥んこな抜差しならないことになってしまっては、死生の程は、時間の問題と考えるよりしかたがないし、そこからぬけだすどんな上手な方法もうかんで来ない。こんな場合、最良の方法は、なに一つ余計なことは考えないで、まちがいなしに、すべてをはこんでいってくれる「時間」にまかせ、茫然として、われを忘れているに限るということであったが（いく度となく、僕は、あいてを無視した、不逞なばかりのその仕打故に危機を助けられた経験をもっている）、それにしては、あまり異様な情況と、ひきもきらない不安が強すぎる。古い中国人の習慣や感情が皆目わからない僕にとっては、さほどまでないことまでが、直ちに、窮極の様相にみえる。あるときは、じぶんが、宮刑にされるときの苦痛で、おさえつける頑丈な腕のしたでのたうっているじぶんを想定し、しかし、それで絶望するのではなくて、それくらいですんだことにほっとする。南方の市街の商業地域を壟断《ろうだん》している華僑に、イギリス政庁がどこまで法律的に介入できるのか、それすら信じようとしても信じられなかった。

しだいに白娘々は、僕の言うことに耳を傾けて、この窖《あなぐら》から逃れて、遠方へゆく案に賛意をあらわしはじめた。あんなに言葉の障壁に立ちふさがれて、互いの意志の通じないことをもどかしがっていたくせに、いまは、もう自国語のようにすらすらと彼女の意が通じるし、こちらの言葉の了解できる筈のない巻舌の日本語が、一々彼女にものみこめる様子でふしぎだと言えばふしぎなことばかりであった。それがみな夢のなかのできごととわかればなんでもないことだったのに、夢のなかの思考は、妙に真剣で、脂汗が黒くぬめり、したたり、血がでる程きしってしか、運んでゆかないのであった。そのかわり、時によって、事件の進捗は、おっ飛ばすようにはやいこともあった。どうして、あの窖部屋から抜け出したのか僕はおぼえていない。気がついたとき、僕と、彼女と、小僕とは、マライ式な頑丈な牛車に乗っていた。どちらの方角へむかっているのかはわからないが、ほのぼのあけの時刻には、平坦な国道の自動車道路を走っていた。タイピンにむかう本道で、スピードを出したハイヤーや、自家用車がびゅんびゅん飛ばしていた。昼時分になって、牛車は本道から左へ入った。なだらかではあったがのぼり道で、そのへんは、しばらくのあいだイギリス人経営のゴム林がつづいた。ゴム園が終ったところから、急に道がわるくなっていた。往来のまんなかに、大きな土の塊がころがり出していて、牛車の男二人が飛びおりていって、その塊をわきへころがした。清流のながれ出ているところをあがっていったところに錫の廃鉱区があり、土は、その時掘り出したものが、雨風にはこばれて、道のまんなかにころがり出てきているのだということであった。

「何故、こんな困難な道を選んだのか」

と、彼女にたずねると、

「大通りには、今頃もう、いったいに檄《げき》が飛ばされていて、網にかかって、連れもどされるにきまっているわ」

という返事であった。不安になって、

「では、どこまでゆくつもりなの？」

「中国人の見張りのとどかないところ。でも、世界じゅうに、そんなところあるのかしらね」

「絶望にむかって旅をしているようなものじゃないか」

「そうかもしれない。ほかの人は知らないけど、私、こんな人生ちっともおもしろいとおもわないわ。絶望の道が、いちばんすてきな道」

僕は、改めて、彼女を眺めた。中国の女の解放は、型通りの女権獲得、性的自由、国威昂揚等々とおもっていたが、すでにそのすべてに絶望と空無をしか感じられない彼女のような心境を知って、おみそれ申しましたと言う外には、この世界はそろそろ終末に近いのではないかのおもいをふかくした。

日本の手品に、「取寄せ」という、読心術で客の望むものを取り寄せる興行があった。もとよりそれは、一から十までトリックで出来ているのだが、狐術と称して、人間以上の霊力をもった獣が、八方を駆け廻ってあつめてくるとおもわせて、香具師《やし》は、賽銭をもうけたものだ。その「取寄せ」をさながらに、娘々はたくさんな荷のなかから野中に不似合いな食品をあれこれと取り出して、小僕や、牛車の御者まで、しきりなしに分配にあずかって、口をもぐもぐうごかしていた。二日、三日はおろか、一週間、十日でも、このまま旅をつづけて、物資に困る心配はなさそうである。牛車には幌があるので、にわか雨が来てもぬれることはなかった。ただ、驟雨のあとのぬかるみが、車にとっては難儀であった。牛車の幌のうえに五匹も、六匹も猿が下りてきて、蓮の実などを与えると、いつまでも上から手を出してねだった。野獣の姿をみることがあっても、追いかけては来なかった。その晩は、みんな幌の下で眠ったが、牛飼は、起きて、焚火をして、牛をねらう野獣や、大蛇から護っていた。夜明けになると、また、出発である。三日目位から、道らしい道がなくなり、緑のジャングルは裸になり、荒廃した、ぼけぼけな石くれ道になった。白蟻が喰い荒らした鋸屑《おがくず》のような不毛の空地がつづき、人間の背より高い蟻の塔が、人類破滅のあとをとむらう墓のように、五つ、六つ、十とならんでいる。蟻の塔ばかりではない。南画風な、頭の尖った奇矯な形の岩々が聳え立ち（むろん、草も樹も生えてはいない）、僕らは、牛車をそこに止めて、近寄って、岩の狭間《はざま》の洞窟らしいくらやみをのぞき込むと、おびただしい蝙蝠がおどりだし、太陽の光に戸惑って、かえる洞窟をさがして、ばたばたやっている。

この洞窟は近年まで、山賊の巣だった、と彼女は教えてくれる。彼女はなにも言わなかったが、カウランプールを通らず、山づたいにピナンに出て、彼女の女学校友達のたのむに足る親友に話しこんで、そこからラングーンへ密航の手つづきをしてもらおうという魂胆であった。

予定通りピナンに着いたのは、七日目の日ぐれ刻であった。彼女は、中華街に行って友人を訪ね、僕は、むかし女衒をしていた老人夫婦の知合があって、そこに泊った。老妻は、もとからゆきであった。関帝廟でのなれそめから、今日のなりゆきまでを語り、むかし、山賊のいた岩穴を通った話をすると、老女は、

「そこならば、むかし、やっぱり牛車で通ったことある」

と言った。

羞《はず》かしゅうて言えぬと言うのを問いただしてみると、その時は、娼婦《しょうばい》であちこちあるいた頃で、国ちがいの男からは、一発一メキシコ弗《ドル》と相場はきまっていた。山賊は、オラン・チナで、なかには、若い兄《あに》さんもいたが、十人ほどいた。車のなかに積んだもの

は、一つのこらずとられ、じぶんは岩屋にはこばれて、頭領からはじまって、十三になる走り使いの小僧まで、まんべんなく伽《とぎ》をさせられた。しかし、彼らは、しょうばいには義理がたくまもってくれて、一発一弗は、ちゃんとわたして、土産ものまでもたせてくれたと、すこしもわるいおもいではないらしい。

「そうだ。肝心の話を忘れるところだった」

と僕は、下の藁床に半身起上って、煙草をのみながらきいている学校の先生に言った。

「山賊の岩穴の前か、あとか、もう僕は忘れているのだが、牛車が、峠のうえできしってうごかなくなったんだ。牛飼がいくらひっぱたいても、牛が、前脚をふんばったまま、うごかなくなった。蜈蚣の大群が谷底から夜なかに餌をさがしにつれ立って道ばたにあがってきたというわけですよ。なにしろ、一尺ぐらいに重なって、どこまでつづいているかわからないと言うのですよ。一丈の蜈蚣が牛を食べるという『本草綱目』の記述が荒唐無稽ではないとおもいました。重たい車にひかれてつぶれた蜈蚣の脂で、車輪がぬるぬるになって、崖上から車輪が辷《すべ》って顚落するのではないかと、きしんだときよりも、はずみがついて辷りだした途端が、きも玉がでんぐり返るおもいだった」

「でも、それ、ほんとうの話？」

「いや、彼女と関帝廟での出会までは現実の話だけど、窖へ入って、彼女に立てすごしてもらっているところからは、いまみていた夢の話ですよ」

言いながら、僕は、彼女の書いた名前と所番地を彼にわたした。

「やっぱし……、えらいうなされてやったからな。あんた。その夢の通りに、もいっぺん、実物でやってみたいとおもいますか」

「さあ。……それは……」

「そやろな。詩や、絵や、と言わんで、その話、文章で書いてみなはれ。かやくもたんと入れてな。そんなら、この女の身分と、行状を、早速しらべておいて、返事します」

さらば、バトパハ

時間といっしょに駆け廻らなければならない。駆け廻りながら先へ、先へと計画を立ててゆかねばならない。成績のあがりそうなゆく先と、いってみたい方角とは、必ずしも一致しない。そこで、僕は、バトパハの日本人クラブの二階のしっけた藁床のなかで反転しながら、なかなか腰があがらないでいた。先生はもうここに来た瞬間から人生に対するすべての希望を失ったように、だらけきって、七、八人の子供たちを教える他の時間は、酒の気にひたるか、暑いのに毛布をあたまからかぶって、藁床の底で眠りほうけている。

「なんで、俺さまがここに居らんならんのやろ？」

眼をさましたとき、彼は、きょとんとあたりを見廻して、そう言う癖があった。

そのことばは、そっくり僕にも通用した。

「あんたが居らなければ、ジャリどもが困るよ。そうなると事によると、あんたの代りに、日本から資格のある先生をよんでくるまで、ほんの二ヶ月ぐらいここに居てくれとここの松村さんに口説かれて、結局、二ヶ月が二年、三年ここに停ることになるかもしれない。そしたら、いったい、どういうことになると思う？　僕ひとりのことではない。僕と僕の周囲で、糸がぶつぶつと切れて、一人一人が波にただよって勝手な方へ去《い》ってしまって、元に倚《よ》りあつまることは、ちょっと絶望かもしれない。あんたは、そうおもいませんか。あんたは、折角ここで落ちついていられるのだから、いま謀反心を起したりしないでくださいよ。われわれみんなのためにも、ジャリのためにも、ジャリの親たちのためにもね。倖い、スリメダンの鉄山は、景気がいいんだから、待遇は、おもいきって要求すればいいじゃありませんか」

先生は、じぶんでもそのことはわかっていることだから、黙りこんでしまった。日本へ帰ってみても、果してなにかの食う途《みち》がありそうな見通しはない。それだからこそ、南方まで落ちて来たわけで、さて、来てみると、シンガポールも、不景気のどん底で、やっと見つけたいまの仕事に遮二無二跳びついた次第を、忘れるほどの時間がたっているわけはない。しかし、それ以来、彼は、甘えが言わせるような、かったるい愚痴を、あまり僕の前で言わないようになったので、たすかった。

もう一度、ピナンに出て、シンガポールへ帰り、改めて馬来《マライ》の東海岸の三五公司第三ゴム園に行ってみる計画を立てて、ともかく明日にでもバトパハを出立することに決めたその前日に、先生が二階へあがってきて、

「あの女のこと、やっとくわしいことがわかりましたよ」

と、スーツケースのなかを掻廻して、要らないものを捨てたりして、仕度をしている僕に、弾んだ言葉をかけた。白娘々のことであった。福建省からわたってきて、五、六代つづいた華僑の草分けで、しょうばいのほうは、雑貨商ではあるが、中華製の料理用の皿小鉢が主で、乾物や、菜種、酒、醬油なども置いてあるし、雑貨は、シンガポールの製造業者の品々をなにと極らず仲買いしてうっている。蔣介石の排日運動にも、商売の立場から積極的に加担して、バトパハのうるさ型や、暴力団の連中ともかかわりがあって、所謂、土地の顔役のような一面もあった。彼女は、そこの一人娘であるが、娘ではなくて一度結婚して、じぶんから気に入らないで出てきて、この狭い土地では、はば

かりもののようにおもわれて、再婚の縁談もまとまらず、なんとなく白い眼でみられているという現状であるとかであった。バトパハ川の川口で荷船大工《トンカン》をしている男は、彼女の兄でも、従兄でもなく、また、恋人というわけでもなく、始終遊びにいって、憎まれ口を互いにたたきあう、気兼のない友人の一人にすぎない。そういう男友達を彼女は、あっちこっちにもって、一ヶ月に一度は、三人、五人友達とつれ立って、彼女が運転して、シンガポールや、マラッカにあそびにゆく。そこでおもいきり派手にさわいだり食べたり飲んだり、おどったりしたあげくは、カトンの鰐のいる物騒な海で泳いだり、ジョホール・バルの王宮の前の草っ原で、さわいで、一同は草原で、彼女は車のなかで眠って、一夜をあかしたり、充分にたのしい青春の日々をすごしていたが、どこへいっても、彼女の親戚や分家させた店のものの出している商家があって、ごちそうや、入用な品を調えてくれた。無鉄砲なじゃじゃ馬娘のように世間から評判されていたが、それはただ、大人あつかいをされたい小娘の背伸びでしかなく、大人の発想のいじらしい模倣にほかならないようである。

「なんともならんなあ。小便くさい小娘で、箸にも棒にもかからん。そんなんをあいてにするよりも、金を出せば、どんなことでもOKのサイアム女もいるし、貴婦人のような品格のある白人と支那の混血児《あいのこ》もたくさんいますよ」

と、先生は、熱心に僕の執念をおもい止まらせようとするのであった。意見されるまでもなく、僕は、彼女との偶然な結果を、われから曳きずってゆこうという気はなかった。

スラーニー（混血女）を買う気持もないし、サイアム（タイ国）の月ぎめ女を囲う金も時間もなかった。第一にまだ帰りの金もつくってなかったから、金づくりが急務で、現在もっているわずかな金をこの上むだづかいすることなどもっての外のことだった。中国人の家に入婿になることなど、これ以上にほおがえしのつかないことになれば、僕の生涯のバランスはくずれ、先でどんな窮地に陥るかわからないという予感がして、またしても、カウランプールを経て、ピナンに出て、スマトラのこんどは、パレンバンへ行ってみようという計画を固めたのであるが、明日、バトパハを発つという間際になって気が変り、もう一度センブロン川をのぼって、こんどは、始めに行った三五公司の第二園にゆくのを断念して、散在している小規模なゴム園に二日、三日、ながくて一週間滞在して、旅絵師しょうばいをつづけて、立寄った。旅絵師は、大先生であいてを煙に巻くか、幇間のように客の機嫌をとるしかない。不用なものを買っていただくのだから、こんな辺境で退屈している旦那方にサービスするのは、当然のことという先方の気持に添うて、お伽をしなければならない。往路では、苦しみを伴わなければやれなかったことが、帰路では、もうなんでもなくなっていた。その頃、ゴム園の従業員のあいだでは、テニスが流行っていて、一ゴム園と他のゴム園が勝負を争い、勝ちのこった組が優勝牌をもらうので、どこのゴム園でも猛練習をしていた。日本からテニスの指導をしてくれるプロが来てほしいが、旅絵師ではしかたがないという肚《はら》を、露骨に見せられて、運動には無縁な僕は、尚更、とりつく島がなく、一日ぐらいの逗留で、なに一つ成績があがらず、現地人の独木舟にのって、一つ先の別のゴム園を訪ねるしかなかった。ゴム林がつきたところで猶《なお》さかのぼるとスリメダンの石原兄弟のやっている鉄山があった。鉄鉱の質がいい上に、露天掘りで、作業も簡単である。鉱石は荷船《トンカン》に積みこんで、下流のバトパハから、沖あいに纜《ともづな》をおろした汽船に積込み、直路、九州の八幡の精錬所へはこばれ、そこで鉄材となる寸法である。ゴムは、がた落の時代で、閉園が続出の状態であったが、鉄は、軍備拡充の時代で、ものすごい鼻息であった。しかし、従業員たちはうかれ調子でしんみりしたところがなく、ようやく、三枚ぐらい売れたので、長居は無用と、二日ほど滞在しただけで、早々に山を下り、ポンポン蒸汽のような船で、川をくだった。

この旅行は、併せて十日間の旅であった。クラブで一晩泊って、シンガポールに帰る予定を立て、水浴《マンデ》をつかって一先ず二階の藁床の部屋に帰ると、先生はまだ、眠ってい

たが、陽がまぶしいと言うような顔をこちらへむけ、しばらくしてから僕の顔がわかったらしく、

「おかえり。どうでした。成績は？」

「まあ、まあです」

というような型通りの挨拶を交した。僕は彼と並んだ床にごろりと寝ころんだ。しばらくして彼は、ひょこりと起きあがり、

「そう、そう。例の女が、あんたをたずねて、来ましたよ。いないと言うと、何時《いつ》かえる？　と、おもいつめたように言いよる。だいぶんにあんたに執着があるらしかった。見かけによらず、あんたは、女にもてるこつを知っているらしい。もう何年か、ここにいるけど、僕はそんなこと一度もなかった。今夜はいっしょに、どこかへ飲みにゆかんならん」

「いいですとも。明日はシンガポールへかえるから、お別れのしるしに、どこかへゆきましょう。まず、それまで、すこし眠りましょうか」

まぶたを閉じたが、疲労《つか》れているのですぐねむれるとおもったのに、なかなか眠りつけなかった。眼をつむると、頭のなかに蛍いろや赤い星座が渦巻いて、奇妙な、きしり音をたてて、あるいは、音を消したままでしずかに、楕円状にまわりはじめた。寝たま

まの姿で僕の足からおもむろに上にあがり、天と地が逆さまになった。だんだんに速くまわりはじめ、正常な位置になかなか戻れそうもなかった。起きあがってみたが、平均がとれず、うごいている周囲のなにものかにつかまらねば、立っていることができなかった。

しばらくして、やっと眩暈状態がおさまったので、てすりがないので、板壁を手さぐりしながら僕は階下におりた。まだ日盛りなので、飄然と軒廊にでて、川に面した街外れの通りをぶらぶらして、アラビア人のやっている喫茶店に立寄り、彼らが主食としているメリケン粉を、支那の大餅子《ダーピンズ》のようにひらたく伸ばしたものに、バターをつけ、コンデンス・ミルクをつけた価二十銭という安直な食事をすませ、ニッパ椰子から檳榔樹や、蛍の木のいちめんに繁った対岸を眺めて時間をつぶした。それから、日没近く、陽の色が飴《あめ》のように粘っこくなるまでいて、華僑の街をあるいて、帰途についた。先生からきいた、彼女の生家のほとりを、気づかれないように物色して歩いた。それらしい雑貨商の店の前を二、三度、ゆきつもどりつしたが、待ちあわせがしてあるわけではなし、彼女が出てくる筈はなかった。しばらくして陽のかげる、夕涼の時刻になれば、華僑は、店の外に卓をもち出し、主人から小僧までが一つ皿、一つ丼に箸をつっこんで食事が始まるから、彼女も出てくるにちがいないが、ぶらぶらして待っているのは、手持無沙汰なことでもあり、互いに顔を合せても、彼女にはどうすることもできないに相違ない。そうおもうと、じぶんのしていることが、愚かなもののする笑いぐさでしかないと考えると、急に、背すじが痛いほどこわばった感じがしはじめ、いそぎ足で、そこをゆきすぎてしまった。それから、マーケットの中を斜いに通って近路をして、クラブへかえってみると、書記の松村さんがひとりで食事をしていた。食膳をととのえるのはマライ人のジョンゴス（男の召使）で、食卓には、三皿ぐらいの料理がはこばれていた。

松村さんには、明朝、出発と話してあるので、

「ええときに帰って来られましたな。さあ、なんにもないけど、今夜は、いっしょにおあがりください」

と、大分、年配らしいジョンゴスに、僕の茶碗や、箸をもって来させた。

「先生は？」

と二階の階段の方を見上げながら、席につくと、

「あの先生は困ったもんです。夕食時分にいたことはない。なにをしてござることやら。若いから、しょうもないとしても、程度があります」

「淋しいのですよ。日本から嫁をつれてきたら、尻がおちつくかもしれませんよ」

「なかなか」と書記さんは首を振って、「相当なしろものですわ。山の衆の娘や、息子

さんをあずかって居ながら、子供のお母さんとねんごろになったりしよって、仕様もない男で、そのときだけは、きつく言うてやりました。神妙にしているのは三日ですな。そうや、このあいだも、若い支那人の娘がやってきて、二階に引きあげて、どんなことをしていたかわかりません。娘も娘なら、先生も先生で、なにをしいだすかわかりません」

訪ねてきた中国人の娘と言えば、僕のところへ訪ねてきた彼女のことにきまっていた。先生が彼女を、藁床ばかりの二階にひきあげて遊んでいたというのが本当なら、松村さんの言う以上に、彼は女にかけてはしたたかものかもしれない。それよりも、この辺土に切離されて年月ひとりいることは、気がおかしくなるほどの淋しさを味うことで、そういうじぶんをなぐさめるためには、酒と女以外にないことは自明のことであるのに、松村さんは、いっさい同情がなかった。松村書記は、話をしているあいだにわかることだが、妻子を持ったことがないものの寛大のなさで、几帳面一徹にものを判断する、当時、僕らの青年時代にあっては、もっとも苦手とする大人たちの一人であった。典型的に、小心でむずかしい人物であったが、もともとは、センブロン河畔のゴム園の小さいけれど、よい目に当ったことがあるのを、第一次世界大戦後の困難な事情にさしかかって、持って居られず、売払ったが、実直を買われて、クラブの書記に推薦された人であった。クラブに寝起させてもらいながら僕は、めったに彼と顔を合せて話すことはなかったが、先生の後任をすすめられたとき、彼とは、ただ一度だけ、かなりながいあいだ話をした。

東京の繁栄と、ソドム、ゴモラの段階にさしかかっていると、その状態を話しても、感心してきいていながら危機感がよくわからないらしかった。現に柳条溝事件で、世界の平和が破れそうになっていることは、新聞の外国電報の報道でよんでいないわけはなく、バトパハのような辺地にまで、不安な空気が中国人の排日の不穏な素振りでわかっていそうなものであるのに、ここの安閑とした生活に馴れてしまって、からだに火の粉がかかって来なければわからないというありさまであった。その点は、若い小学校の先生にも、ゴムや、鉄の山に働いている人たちでも、実感として受取ることができないもようであった。山で働いている日本人はみな、トワン（旦那様）であったから、支那人やマライの住民に対してイギリスのプランターにならって、鷹揚にかまえていればそれでよかった。そして、彼ら先住民に対して、親しみすぎることも、尚更《なおさら》同化することなどは、もっての外の面よごしであった。

「うっかりするとまた、戦争ですよ。どうも、ヨーロッパでは、ことさらフランスなどでは、町のキャフェでの噂話で、日本人の評判はあまりよくありませんよ。だんだん日本人は、本国へ引上げたがっていますよ」

と言うと、

「フランス人という奴は、むかしから、支那びいきですよ。いぎりす人はそんなことはありません。日英同盟の昔からの親日の国ですからねえ。フランス人は、軽薄で、話にならない国で、日清、日露でもむこう側についたわけでしょう。ゴム林の経営をやっているものも、トロショウ、トロショウ（Trop chaud, trop chaud あついあつい）といって、贅沢ばかり言っていてなまけたがるばかりで、まじめに仕事をしやしません。現地民の女を引きよせて、うじゃじゃけて、まるっきり仕事に身を入れません。そう申せば、フランス人と、支那人とは、うまが合うらしいですよ」

松村さんは、僕の言うことなど、まるでまじめにとり合おうとしなかった。

二階にあがってみると、先生はもう眼をさまし、腹這いになって、煙草をふかしていた。

水浴（マンデ）をしたり、頭の髪をけずったりして、やっと外出の仕度がすんだ頃は、もう陽が落ちて、街へ出ると、街路や壁を灼《や》いていたうん気が立ちこめていて、冷熱のまじった不快な気温が、折角マンデをしても、人間のからだから、脂汗を搾《しぼ》り出させていた。

二人は、つれ立って、中国人の繁華街のほうへジャラン・ジャラン（散歩）をした。あっちこっちから、甲高い花旦《おんながた》の喉声がきこえ、そのあいだに、銅鑼《どら》と、胡弓と、拍子木がきこえてきた。程艶秋らしい艶のある声と、高百歳に似た生の男声がまざったレコードの声である。

「どうです、ジョホールまで車を飛ばして、蟹を食べにゆきましょうか。この季節なら、身が入っていてうまいですよ。それとも、橋をわたって、シンガポールまでいって、カトンで、すき焼としましょうか」

「これから、シンガポールですか」

「なんでもありませんよ。いま頃は、空が晴れて、満月ですから、ドライブには、すごくよろしいですよ。あなたが、男ばかりではおもしろくないとお思いでしたら、これからあなたの彼女を引っぱり出して、ね、それなら気がすすむでしょう」

「さ、それは……それよりも今夜はバトパハということにしませんか。風邪《かぜ》ひき前のような気分なのです。若いだけあって、あなたは元気だなあ」

「若いなんて……若いのは、あなたの方です。わたしは、いつもからだに酒が入っているから元気そうにみえるだけです」

彼は、軒廊に立止ってちょっと考えていたが、すぐ方向を変え、

「それならば、わたしの行きつけのところへ参りましょう」

と反対の方へ足をいそがせた。遊廓の前を通って、小繁華街の方へ歩き出した。廓の女たちは、並んで店を張っている。遊廓は、四、五軒並んでいたが、表には、角材を横にわたして、遊女たちは並んで、ゴムまりぐらいの大きさの白粉《おしろい》の球を左手のひらにのせ、右手で球を撫で、白粉に溶《と》いて、顔につけ、化粧の最中であった。

「あなたは、こういうところへ入ったことがありますか」

と僕がたずねると、

「ええ。なん度も登《あが》りましたよ。でも、こういうところの女は、大味で、殺風景で、ただ、マスターベーションとおなじことです。主に広東から来ている女たちでして、広東語をこちらは、しらないから、はじめからしまいまで唖です。すると、突然、日本語で、私いいよ、などと聞きかじりをしゃべるので、びっくりすることがあります」

「病気が怖いのではないでしょうか」

「怖いですよ。翌日、手の甲へ穴があいたりしますから、コンドームがなければ、さわることもできません」

「やっぱり、阿片喫《の》ませてくれますか」

「のませてくれと言えば、のませますが……あなたは、あんなもののんだことがおありなんですか」

「中国に滞在中、三度ぐらいのみにゆきました。ほんの話の種のつもりです。最初の時はなんということもなくて、本物の阿片ではなかったのではないかとおもいましたが、二度目の時は、家へかえってきて、朝起きた時、からだのふしぶしがひどくだるい感じでした」

「そりゃ、まだ、中毒になっておらんのですよ。でも、あれは、おすすめできません。毛をむしった鶏のように、骨と皮になっても止められんことになります」

派手な花模様のある陶器の階段を、僕は、先生のあとについて上った。蝙蝠《こうもり》や、牡丹の刳《く》りぬいてある紫檀《したん》の半扉を押して、二階の一室に入ると、字や画の額が壁にたくさん架っていて、まんなかに、中国美人の大きな油絵が、主人顔に僕たちを迎えてくれた。上半身裸のボーイが入ってきて、顔なじみのとくいらしく、活字のいっぱいつまった菜単子《メニュー》を、先生の前に置いた。先生は、無造作に指さして、五品ばかりの料理と酒を註文した。問答の言葉は、マライ語であった。ボーイは、うんうんとうなずいたり、それは今日できないとことわったりしていた。

「これ、一口飲んでみませんか。ちょっとつよすぎるかな」

先生は、錫の瓶子からついだ琥珀《こはく》色の酒を、僕にも注いだ。ちょっと口をつけただけで、僕の舌は、むしろ火脹《ひぶく》れになりそうな強烈な火の粉が飛んで、口中にひろがるようであった。

「紹興酒もありますけど……」

僕は、掌で押し止める恰好をしてことわり、

「どういう酒なのです?」

とたずねると、

「三蛇虎骨酒です。フランスのアプサンや、ロシアのウオツカと、どちらかというつよい奴です。鍛冶屋のふいごにかけて真赤になった鉄棒が喉を通ってゆく気持で、これをのんでいるあいだは、世のなかがどうであっても、誰がなんと言って来ようと、問題ではありません」

料理は、田鶏《デンチイ》(蛙)や、大蜥蜴《とかげ》の白い肉、それに生野菜のサラダに、椰子の新芽など、めずらしいものがでた。椰子の葉の芽は歯あたりがよく、丁度、筍《たけのこ》のような味と、精液のような風味があった。その香味がひりひりとして、いつまでも口中にのこった。獣肉のなかでは、針鼠にしくものはないが、それは貴重品で、じぶんも食べたことがないと、先生がその他のいろいろな悪物喰いを紹介した。

「やはり、日本への郷愁がありますか。僕ならば、ここで生涯を送ってもよさそうな気

がするけれど……」

　と僕が言うと、

「いや。そうやないな。もう、これ以上にここにいたら阿呆になる。そうおもうと、郷愁てなもんではないけれど、ここで、生涯いることになったら、どんなことや、と、いても立ってもいられんように焦ります」

　心外そうに言うのであった。時々、半扉をからだで押して、十二、三歳の女の子が入ってきて、「なにか唄わわしてちょうだい」と、歌の題名を書いたよごれた帖をさし出して、不用だと言っても、どうしても立去らなかった。その女の子のうしろに、胡弓をもった男の子がいて、一緒になって粘るので、癇癪を起して、先生が怒鳴りつけると、早速引きあげた。

「やっぱり、先生には、奥さんが要るのではないでしょうか。お好きなタイプがあったらきかせてください。日本へかえってから、適当にさがしますから。本当は、小学校の先生の資格のある、すこし年配の人がいいんじゃないですか」

　先生は、それをきいて、しばらく黙って考えていたが、正にそれは名案であったなと感じたらしく急に改まって、僕の前にぴょこんと一つ頭をさげて、

「是非一つさがしてください。しかし、よくよくの女でなければ、こんなところへ来て

はくれないでしょう。僕は、気立てとか、学問とか言うよりも、やっぱり、みたところ十人並か、それよりちょっと魅力のある女のほうがいいのですが。そう言ううまいのがみつかるでしょうかね」

と註文をつけてきた。

「それはそうですよ。きっといい女がみつかりますよ。その女をつれて、僕もまた、あそびにきますよ」

ゆき当りばったりが身につきはじめた僕は、心のなかでは全く自信があるわけはなかったが、ちゃらっぽこで、その場限り引きうけるのであった。そういう軽佻な性格は、兆《きざし》があったのが、無一文の旅のゆきすがらの処世のあいだに、すっかり板についてしまったらしいことが我ながら、おぞましいと言うよりも、却って心づよいおもいがした。

「本当は、さっきあなたが言われた通り、小学校の女教員などがいいんですが……」

「あなたのからだもらくになるというわけですからね」

と、ますます話ははずんできた。彼は、強い酒を羽目外してのんだので、しきりにはしゃいで、「愉快だ、愉快だ。ほんとうに今夜の酒はたのしい」と言いながら、しきりのついたてを拳で叩いたり、立ちあがって、隣席の宴会の客に文句をつけたり、だんだん乱暴な酒になってきた。切上げ刻とおもったので、僕はボーイ達にまで、謝々と言ったり、アイアムソリーと言ったり、あやまりながら、よろける彼を抱いて立ちあがらせ、勘定を払って、階段を下りたが、階段を踏み辷らした彼が、何度もまっ逆様にころがり落ちそうになった。

「きっとですよ。金《きん》さん。花嫁はあなたがつれてくれれば安心や。いや、安心どころではない、不安心だ。手の早いあなたのことやから、途中で、ちょいと味見なんかしてはあきませんぜ。そんなことをしたら、ただでは置きません。だが、まあ、ええわ。ほんのちょっぴりおへそをなめる位なら、かんべんします。やんなさい。僕はそんなこと位で、嫉妬するようなけちな人間じゃなかったんや。日本を出てくる時も、そんなことがあって、親友だとおもっていた男に、恋人を、ひょいともってゆかれてしもうて……気の利かぬ男です、わたしは。すんぐに誰にでも気をゆるす。こんな人間は、どうなってもしかたがない。金さん。あんたは、日本人ですね。まちがいなしに日本人ですね。俺は日本人だと一言言ってみてください。支那人の間諜とはちがいますすね」

「そうです。そうです。僕は、正真正銘の日本人ですよ。だから、しっかり、もたれて歩きなさい」

「クラブの松村は、あれは、怪しい。あれは支那人ですよ。支那のスパイですよ」

路にねている苦力や、ヒンズー人を蹴飛ばしたり、踏んづけたりしないように調子をとらねばならなかった。全身の重たさでよりかかっている彼を、歩かせるというよりは、曳きずるようにして、僕は、十里の路を歩いてきたので、へとへとになってようやく、日本人クラブの裏口に辿りついた。裏口を小さく叩いてジョンゴスに戸をあけてもらい、階段をみしみしいわせながら二階へはこんでゆき、藁床のなかに彼を放りだした。

　ジョンゴスは、毎晩のことで、心得ていて、洗面器をもってあとからあがってきた。彼は、果して吐逆をやりはじめ、吐いてしまうと、やすらかないびきをかいて眠ってしまった。嘔吐であたたかい洗面器を呈げながら、ジョンゴスは、ことんことんとしずかな足音を立てて、二階から下りていった。

　暗黒のなかのなにか破片《かけら》のような夜の冷気を吸うために僕は、二階の上の、物干場になっている屋上のテラスにあがっていった。今夜は、南十字星もみえなかった。夜のうえに緞帳のような重たい霧がおりていた。宇宙は、それぞれの異る人間のためにあるもので個人をのぞいた立場で厳密に客観化された存在認識というものは、ないにひとしい。その上、その個人も〝時〟の条件に作用されて、たえまなく揺れうごいて、瞬間的にしか捕捉できないたよりのなさをもっているものだ。僕は、霧の切れたあいだからみえる星くずを、てすりにもたれて、じっと見まもっていた。僕は、星と握手する気持にはなれない。あの光のまばたきは、人間のいたいたしい愛情を誘いだそうとしているようにみえるが、人間の死のあとにまだながい生があることを物語っている欺瞞《ぎまん》のようで、その親近の情に対しては、斜めの姿勢でせせら笑っていればよいわけである。そうして、星を眺めていると、ひしひしと僕は、自分の生命力が、からだのまわりで音を立てて消えてゆくようにおもわれる。彼女とも、また、長崎にいる子供とも生きているうちに会う折はないのではないかというおもいが切実で、もはや、それはどうにもならない事実であることがわかっていながら、自然が、生徒たちの運命の評点をかくしている先生のように惨酷なものにおもわれるのだった。あるいは、彼らの必死な言葉が僕には了解できないのかもしれなかった。僕は長い歳月のあとで、あの泣くという感情にちかいものをおもい出していた。僕の眼に涙がにじんでいるのを、星が悲しんで溺れているのだと錯覚した。

二階に下りてきてみると、先生が殆どまっ裸になって眠っていた。くらい電燈が彼のだらりところがっている男根を照らし出していた。二週間程前に、草叢から這い出てきた小さな赤蛇をおさえて、殺したことのあるステッキがそばにあったのを手にとって、僕は、その男根を殺すことを考えてみた。それを実行に移すことを、辛うじておもい止まったのは、理性の優位というよりも、この男に対する、共通にもつ人間の一生涯というものの気の毒さからであったにちがいない。

翌朝のその時間には、僕は、シンガポールの競馬場前通りにある長尾氏の家の裏口に近い小部屋の一つで、夜に入っても辛抱できない暑熱なので、バトパハの先生とおなじように猿又もとって、裸で眠っていた。長尾氏の新しい新聞、『シンガポール日報』は、僕がいなかったあいだに、着々と体裁をととのえて、精彩ある実質を示しつつあった。かえってくるなり、長尾氏からたのまれた随筆三枚を書いて、その原稿が、キャップをしない万年筆といっしょに散らかし放しにしてあった。

情念の業果

シンガポール日本大使館を訪ねると、はし近なところに、安西書記生が、不意におもい立って、いつ訪ねても、テーブルの上に靴下の両足を投げかけて、上体のほうを椅子の背にもたせ、そのままぐっと反りかえった姿勢で、従って、その椅子の前のほうの二本の脚が浮き、あぶない中心をうしろの二本の脚で支えて調子《バランス》をとり、その不安定をたのしみながら、現在の職業がくそおもしろくもないと言った顔付で、新聞をよんでいなければ、たばこをふかしていた。その日はまた、一段と乱暴で、新聞を顔にかぶせたまま、すやすやとねむっていた。

「安西さん」

と呼んで、正面からそっとその肩を揺すると、新聞紙をかなぐりすてて、眼をさまし、びっくりした顔付で、じっと僕を眺めた。水で濡れた砂のような、冴えない顔色の凹んだ眼のこの男は、みている対象がなにものかをたしかめるためには時間がかかるもようで、その間僕は、おなじ眺め入る姿勢で、ひらいた両腕を、テーブルの両端につっかえ棒のように置いて、じっと待っていた。シンガポール領事館に外務省から廻されてきて、まだ一年ぐらいにしかならないのに、彼はもう、まったく退屈しきっていた。同僚は、彼を慢性退屈症患者としてあつかっていた。

彼はすぐ腕の時計にちょっと眼をやってから、

「ああ。いい時間に来てくれましたね。ちょっと待ってください。すぐ、一緒に出ますから」

といって、テーブルのうえのものを急速力で選りわけ、新聞もいっしょに、半分ぐらいの書類や郵便物を捩《ね》じ曲げて、下の屑籠へおしこんだ。それから奥の部屋に入って、五分もたたないうちに、また出てきた。早引けをたのみに行ったのであろう。知人がシンガポールに着いたからとかなんとか、僕をそのためのだしに使ったのであろう。僕の部屋へちょっとお寄りくださいとすすめられて、気象台の旗のあがっているうしろの小高い丘のほうの石段道をあがっていった。その道をまっすぐにもっとゆくと島の背後の植物園に出る、その中間の道のうねったところに、陳嘉庚につぐ、新興の植民地財閥の胡文虎、胡文豹兄弟の邸があって、並んだ二本の低い門柱のうえの一方に虎、一方に豹が立っている。黄ろいからだに、豹紋と、虎紋が画いてあり、むかいあって、首だけが門外を睨んでいる。

安西書記生は、ちょっとすばらしいバンガローの二階の部屋を借りてすんでいた。部屋に入ってみると、ダンスホールでもやれそうないい部屋で、裏の方角が壁になっているだけで、殆ど円形の部屋の三方が開け放せるようになっていて、柱と柱のあいだは、緑の鎧扉で閉めるようにしつらえてあった。全部をあけ放すと、どの方角からも風がさえぎるものなく吹きこんできて、籐の寝台にねていると、この上なく快適で、赤道下と言われても、暑熱など感じないですみそうであった。

「いいところに住んでいますね」

と僕の声は我ながら、うらやましそうであったにちがいない。彼も、それを得意そうで、

「その代り、スコールがやってくると、いそいで閉めなければならないのですよ」

と、言訳らしく言った。マラッカ海峡の海のみえる窓には、首の赤い檳榔樹や、サゴ

椰子の庭樹があり、あずま家ふうな亭の屋根には蘭の鉢を釣って、八分通り、きれいな花をつけていた。水浴室もついていて、脱衣場の柱には、電話機があった。彼は、そこで短い電話をかけてから、部屋に戻ってきたが、その手には、二本の冷したビールを持っていた。

「大木君もいますぐまいりますよ」

と言いながら、卓のうえに、指の間に挟んできた台付のシャンパングラスを並べた。ビールの口をあけて、二つのグラスに注いで、

「これからが僕の一日のはじまりです」

と、あんまり表情のない彼も、いかにもたのしそうであった。往路にここの港からヨーロッパに立去ったあとで、入ってきた僕の新聞ニュースについて、路々、話してきたつづきを又はなしだした。

「その新聞をとっておいたのを、あなたが帰ってみえたので、御見せしようとして昨日さがしたが、どこにもみつからないのですよ。いま、大木君がきたらきいてみます。彼はもっているかもしれないから……」

そのニュースは、たしか『毎日新聞』だったと言うのであった。むろん文芸欄で、書きてもおぼえていないが、現代詩人の消息をかなりくわしく書いたあとで、「ここに奇

っ怪なのは、金子光晴である。二年も前にふいと姿を日本から消し、そのまま今日に至って、なんら捜索の手がかりもない。天に消えたか、地にかくれたか等々」と言った調子のものだったと言う。僕は、ふしぎな気がしていた。僕のことなど、まだ忘れずにおぼえていてくれる人がいたのかと言うことであった。文学の世界の人が僕を忘れるより先に、僕も、日本の文学や、人々のことを忘れかけていた。忘れるというよりも、日本の詩壇、文壇の人たちから逃げて廻ろうと決意したが、それならば、これからの日本での僕の生活をどんなふうに立ててゆこうかに、なにごとの目鼻もつかないままでいたわけだ。また、そんなわけで、このつづきで日本へかえることに気がすすまないのだった。

「ニュースはまだ、もう一つありますよ。室生犀星という人が、あなたのことを書いた短篇小説を、雑誌に発表していますよ」

「へえ、僕のことを？　どんなふうに書いているのですか？」

「あなたがインドの港で、ジャズの太鼓叩きになっていたのに、あちら（西洋）へゆく途中で見かけた人があると言うのです。そんなことなさいましたか……そのう、太鼓なぞ、叩かれたことがあるんですか」

「僕の本名で書いているのですか？」

「いや、金子ですけど、名は重政となっているのです」

そんな会話をとりかわしている時、当の大木さんが現れた。大木さんは長尾さんと二人で、『南洋日日』から独立して、『シンガポール日報』を創刊し、専ら、外国電報のほうを受けもっていた。京都の人で、公家衆《くげしゅう》のようなおもながな、整った顔をしていた。酒のうえで安西さんとよい仲間で、夜の時間は毎日、二人でのむのが、生活の張合いであった。酒の肴も、炒米粉《シャミーフン》ときまっていた。

「大木君、金子さんのことを書いた新聞を君はもっているかい」

「いいえ。あれは僕から君がもっていって、君がもっている筈だよ」

と、落ちついた調子で答えた。

二時間ばかりたつと大木さんは腰をあげた。あたりはもう陽がしずんで、懐中電燈がないと危いほど、暮れてしまっていた。僕もそれを汐に、いっしょに帰ろうとすると、わずかばかり酔った安西さんは、

「金子さんは、宿へかえっても一人なんでしょう。もうすこしつきあってください。あとで僕も表へ出ますから、そのとき、ついでに送ってゆきますよ」と言って、すぐ、扉口に立った大木さんを顎でしゃくって、「この男はかえりたいなら、勝手に帰らせましょう。からだはいても、心はよそに行っているんだから、さっさとお帰りなさい」と、わざとつっけんどんに言った。

坂路を下りてゆく大木さんの足音が消えると、安西さんは、「あの男は、いま、大へんなのですよ」と言って、手短かに大木さんがいま遭遇している出来事について説明をした。

「あの人はいま、たいへんなところにさしかかって、苦しんでいるのです」

安西君は、ニヒってはいるが、正直で、こころのよいしるしに、ほっと息をついている。

「新聞社のことですか。長尾さんの話だと、なかなか意気軒昂《けんこう》なのではないんですか」

「そんな話ではないんです。もっと個人的な話なのです。つまり、そのう……」

と、困惑の表情のあとで、

「まあ、止めときましょう。金子さんに話しても、かえって、困ったとおもわれるだけのことでしょうから……」

と、そのことについては、口をつぐんでしまった。

しかし、翌日になると、役所の帰りに、桜ホテルの僕を訪ねて、いっしょにカトンへ行こうと誘った。カトンは、シンガポール郊外の海に沿うた一部落で、ここに、家ごと海に張りだし、たくさんの杭で海上に支えた家があり、海風が涼しくふきこんでくるので、シンガポールの日本人のあそび場所になっていた。豪州産の牛肉のすき焼などを食べさせ、よい酒をのませた。車で、わずかな道のりであった。陸から料亭の入口まで桟橋が架っていた。安西さんは、まだ酔ってもいないのに、桟橋の途中でつまずきそうになって、

「危い、この下の海は、地獄ですから、あなたも気をつけてください」

安西さんの声が大きいので、料亭から女中が出てきて、安西さんの手を曳こうとした。安西さんは、それをふりもぎって、

「お客さんのほうを気をつけてあげなさい。俺はいっぺんにしろ、落ちたことがあるか。たとえ、どんなに酔っぱらっていたってさ」

　家の下には、鰐が気永に待っていて、残飯や野菜切くずが落ちてくると、御馳走さんと言うわけであった。入ってゆくと、小座敷があって、畳を敷き、床の間に軸《じく》とおきものがあって、日本にかえってきた気楽さをしのべるようになっていた。窗を開けると、マラッカ海峡につづくシンガポールの海景がひらけ、這うような椰子の木の揺れる葉のシルエットのあいだに、月ののぼってくる風景は、そのまま、そっくりシンガポール名所えはがきであった。

　すこし酒がまわって来ると安西君は、すこし改まった調子で語りだした。

「昨夕、話をするのを途中でやめて、あなた気をわるくしなさったのではないか、心配

になってね。私が話さなければ、他の誰かからあなたの耳に入ることですから……その時、彼のことを不当な評価されるよりも、私が話した方がましかもしれないと気がついたもので、その話をきいてもらおうとおもったもので」

と、彼に似合わず重々しい調子の前置きであった。

その話の内容は、一口に言えば大木氏が、下宿している理髪師の細君とできてしまった、ということであった。海外で日本人の職業は、その理髪師が多かった。理髪師は、山の手にある日本の大会社で、月極め契約が結ばれていて、日曜日ごとに社宅をめぐり、一括で五人、十人という人の頭を刈るということもあり、割方、みいりはあり、内福にくらしていた。細君はよく働く、親切な人で、大木さんは、こまごまとした世話を受けていた。おそらく、細君の方から、なにかのきっかけに、接近したものらしいという安西君のことばであった。それは、ありえる話だと僕もおもった。彼は整った顔立ちをしているし、起居振舞いも、京都人だけに上品で、すずしげであった。シンガポールの日本人たちは、郷愁にかかって頭がへんになっている人が多いので、こんな事件は、思った壺の暇つぶしの話題であり、概して、封建的な常識家で、よく言うわけがないのはわかっている。

「御本人はどうなんです？　床屋の亭主からその女を取るつもりなんですか」

「それがね。細君の方が離れたくなさそうなのです。大木君じしんは力んではいても、内心、困ってるようです。床屋は、訴えるという姿勢で、なかなか強っ気でね。訴えるといってみても、もってくる先は領事館ということになるのです。そこで大木君が僕のところへ来て、どうしたものだろう、と相談にきて、かなりこまかいところまできいたのですが、これは、やっぱり示談にして、女と別れるより、仕様がありません」

それより他はあるまいと、僕もおもった。大木さんとしても、新聞ということは、まずいことだ。その上、現在は、二つの新聞社の確執《かくしつ》のまっ最中で、対立する新聞がとりあげれば、長尾さんの新聞の人気にもかかわり、まだしっかりと固まっていない仕事にとって、命取りとなるかもしれない。それに戦前のことであるから、法律も、夫から起訴されれば、姦通罪ということで、二、三年はうっとうしいくらしをせねばならなくなるし、前科一犯ということにもなる困った問題であった。安西さんの言葉によれば、こういう刑法上のことは、領事館では取りはかる設備がないから、ともかくも本人たちを日本へ送り返して、本国で落着のはこびになるというのが、定法であるとのことである。酒をのみながら、もう何度か、そのことを話しあったが、大木さんは、やはり京都の人のせいか、その都度、考え込んでしまうだけで、きっぱりした決意をもてないらしい、悠長なところがある人であるという。そんな話から、領事館の仕事のことになった。

安西さんは、シンガポール領事館の仕事のばからしいことを痛憤しはじめた。娘子軍のさかんな時は、たいてい女たちの身の上相談で、まじめに相談にのって、いろいろ考えてやると、翌日は、その雇い主のくりからの親分というのが、朝からねじこんできて文句をつける。強く出て、女を強制送還しようとすると、こんどは、日本へは帰りたくないといって女がきて、わあわあ泣き出す。いったいどうなっているのか、そのつもりがわからない。彼らの考えでは、帝国領事館は、からゆきさんの苦情をもち込むところと考えているらしい。時には、相手にしないで、うしろをむいて受付けなかったり、時にはどなりつけて帰してしまいますが、狂気女が、帰る途中を待ちうけて、瓦を投げてよこしたりするのです。何度も、止めて、日本へ帰ろうかとおもうけど、帰ってしまうと、この頃の日本では職にありつけないそうで、また迷ってしまいますよ。その晩は、むっつりした彼が、油に火がついたようによくしゃべった。

「奥さんがないから、淋しいんじゃないですか」

と僕が口を辷らせると、彼は、ちょっとすねたような顔で、口を尖《とが》らせた。

「……そうですね。ここの会社支店の社員はみな、適当に写真を交換したり、一度日本へかえってみつけてきたりして、結構なんとか納まっていますけど……それに来た嫁さんは、たいがい倖せそうですね。それは、こちらに来ている社員は、外地手あてがつくので、日本にいる時の三倍の月給をもらった上に、使うことがあまりない。その上社宅が広々として住心地がいいし、ジョンゴス（下男）、バブー（洗濯、掃除をする現地人の下女）、それにコボン（庭廻りの仕事をする男）と一軒毎に三人の使用人をつかっていて、みすみすそばにある薬罐《やかん》もじぶんではとらないで、ジョンゴスやバブーにとらせるといったふうで、贅沢にくらすくせがついてしまいます。原住民の生活程度がばかに低く、従って、給料は、びっくりする程安いから、細君天国というわけです。ところで一旦本国に呼び帰されたとなると、月給は三分の一、物価はたかい。人を使うどころではなく、じぶんで洗濯をし、じぶんで食事をつくり、なにもかもじぶんで、はじめて主婦のつらさを味うのです。それに亭主だって、社宅があつまっているから、出勤は車が迎えにきて、一同それにのって出勤するという按配です」

と話してくれたが、成程そうだろうとわかる気がした。そんな話のあとで、

「それに、私は、そう女がほしいなどとはおもいません。私のからだが虚弱だからかもしれませんが、どういう女がいても、恋愛したいなどとは考えたこともありません。それに、理髪師のかみさんのことを考えても、面倒な三角関係で苦しむことなど、おもってもうっとうしいことです。私だったら、女に他の男でもできたら、厄介払いができるのでほっと安心して、急に酒がうまくなるでしょう」

その話を打切ったとき、女中たちが、今夜は他の客がないというので、三人入ってきて、ビールを注いだり、おしゃべりをしたりはじめた。女たちの九州なまりが、早口なので一層僕にはききとれなかった。

「君たち、鰐のいる上で仕事をしていて恐くはないの」

とたずねると、

「虎かて来よります」

と、先年ジョホール水道をわたってマライのジャングルの虎が二匹シンガポールに泳ぎつき、市民をおどろかせた話から、虎がいかに細心で、用心ぶかく、ゴム園のゴム採集人を襲ったときも、第一日は、ひそんで眺めていただけで、現実にとびかかるまでには、四、五日、かげで様子をみてからでなければ、行動にいたらない。そんな話も出た。自転車で我家に帰る道、襲われた人の話もでた。虎は、うしろからきて、その人の頭のうえを白い腹をみせて飛越し、やりすごしてはまた、同じことをやるので、必死でペダルをふみ、遂になにごともなく家に帰ったが、それから一週間、恐怖のために床について、がたがた慄えていたというのだ。

シンガポールのスラングーン通りに、動物屋があって、捕りたての罠檻《わなおり》に入ったままの虎がいて、近づくと、本当に噛みついてくる威勢を示して、わくに飛びついてくるのをみたが、別に恐怖は感じなかった。僕らは、おとなしい飼虎やライオンを見つけているので、多寡《たか》をくっているところがあるからだろうが、例えかかってきても撃退できるようないわれのない自信をもっているせいであった。ヨーロッパにゆく道に、彼女と一緒にきたときも、二人で木箱に腰かけて休息していると、下で、ウッウッとうなっている声がきこえる。何かとおもって木箱のすきまからのぞくと、猛毒のある眼鏡蛇《コブラ》が、おそらく数十匹、鎌首をあげて、僕らにうそぶいてみせていたので、飛びあがって離れたこともあったが、それも、僕のものを軽視する性癖の故だとおもう。あるいは、それは、弱虫であるための半面で、神経質な人間には、そういうところがあるのかもしれない。僕らが無一文で、日本を出てきたのも、ゆく先がみえないからで、みえればとても渡ることのできない難所を、めくら滅法に、別段怖れ気もなしに飛越してきたように、おもわれてくる。はらはらしていたのは傍観者の方であろう。説明しておかなくてはわからないだろうと思うが、マライ、スマトラの奥地から捕獲した猛獣をあつめたこの店には、世界中の動物園やサーカスから買いにくるのだそうだ。

やさしい人たち

シンガポールの暑熱は日中、百三十度ぐらいあがる。そんな土地をもてあましている時、フルーツ・ソルドを毎朝のんで、爽やかに、熱病にめげない体質をつくることを教えてくれたのは、大木さんだった。往路に、彼女と二人シンガポールを発ってジャワにゆく時に、払いきれない部屋代を帳引きさせるために、元娘子軍の売買をして鬼と言われた大黒屋ホテルの矢加部という家主のところへ交渉に行ってくれたのは、元『南洋日日』の長尾さんと、大木さん、それに安西さんの三人であった。女衒の親分に対する人間主義的な憤りを抱いた安西さんは、親分をいためつけ、あいてが他愛なく譲歩するのが、痛快でならなかったらしい。新聞社や、領事館は、親分たちにとっては、もっとも苦手な存在で、その思惑がどのようなものか、理解するのがむずかしかったので、彼らからすれば不当な言いがかりでも、言われるままになっているより他なかった。間にあって、双方の立場がわかっているので、僕にはこの一幕は、かなりたのしい芝居であった。もとより僕の立場を有利にしてくれるこの人たちの友情に感謝しているので、僕はただ、元親分の災難に対して、同情の眼くばせをしているだけでよかった。

だが、そんなときの安西さんをみていると、領事館を笠に着た正義感があまり端的すぎて危っかしい反面の性格をみせられているようで、こちらが不安になって来た。それに、きつい事を口にすることもあるが、彼は、その体格のひよわそうなためか、生きていることだけのことでつらそうにみえるので、ビューローにいても、ニヒっているというわけではなく、なんにでも痛む心とからだをもてあまして、ぐったりとなっているだけのことなのであった。

「安西さんには、熱帯ぐらしはむかないのではないのですか。日本にも、是非、南の土地でくらしたいなど言って、例えば、長崎にいる僕の友人の画家で田川君という、版画もやる男がいますが、僕といっしょにここまでついてきて、ここで別れて、熱帯に居つきたいと熱心にその用意をはじめましたが、遂に間に合わず来られなかったわけですが、来てみたらどうだったでしょうか。いまごろはとうに、太陽に辟易して、デング熱やマラリアにかかって、ほうほうのていで日本へ帰ってしまったでしょう」

安西さんは、そんなとき、ふかい眼窩《がんか》のなかの冷やかな眼つきで、じっと僕の顔を見つめてから、

「いるところなど、どこでもおなじことですよ。もちろんシンガポールなど決してたのしいところとはおもいませんが、それかといって日本へかえっても、しみったれた会話

しかないし、さあ、この地球でどこがいいのでしょうかね。あなたにおたずねしますが、パリやロンドンは、ほんとうにそんなにいいところなんですか」

「僕はすこしもいいなんておもわないけど外交官の人々などには、結構花の都で、たのしい所のようでしたよ。あなただって、方々へ赴任する性質の仕事だから、いずれゆかれることでしょうから、すぐパリ万歳となるかもしれないですよ」

「それは、いまの領事館にも、パリにいた上役がいますが、その男がパリのことをたのしそうに話すのをきいていると、莫迦《ばか》じゃないかという気がしてきます」

「わかりますよ。あなたの感じられたことはほんとうだとおもいます。しみったれたところは、日本と似たりよったりですものねえ。なる程、ここもひどいところだけど、マライ人やヒンズー人の生活をみていると、こっけいで吹き出したくなるようなことが沢山ありますね。例えば、タミールが路に面した床屋の店先で、裸で、からだじゅうの毛を剃らせているところなど、剃りよい姿勢でしょうが、頭を床に背なかを丸くしたり、腕をねじあげられたような恰好をしたり、本人がいたってまじめなためによけいに奇てれつで、いつまでみていても倦きるということがありません。ヒンズー・タミールは全部剃りあげた裸に油を塗って、小さな筋肉まで浮き出させ、額に、牛糞を焼いて白いのを塗り、その上に赤いものをちょっと刷いて、それで一人前の色男になってのしあるく

「……」

「やはり、詩人はよく、こまかいものに眼がつきますね」

「いや、詩人じゃなくても、よそから来れば誰の眼にだってつきますよ。矢加部の大黒屋ホテルでくらしていたとき、夕方になると、通りをへだててすぐ前にあるヒンズー教の寺院から、間の抜けた勤行《ごんぎょう》の鐘がひびいてくる。その石壁には、象の鼻をしたギシーヌや、シバの極彩色の瀬戸物の像が置いてあるでしょう。あの寺の正面に水屋があり、斑のないべっこうのような、あめいろをした牛を外からみて、坊主だか、信徒だか、多勢が水で洗ったり、土下座をしたりしているので、どうしてあんなにきれいに牛が透きとおっているのか、不思議なので、境内に二人が二足か三足入ってゆくと、そこにいたヒンズーがこちらにむかって大声をあげて叫ぶのです。それでも気がつかず入ってゆこうとすると、一同が立ちあがって、棒ちぎれを持つものもいて、ばらばらと迫ってくるのです。言葉は何を言ってるのかわからないが、そこの境内が神聖な土で、そのうえを異教徒に踏まれたというので必死になっているのだとようやく気がつき、ほうほうの態で逃げ出したわけです。ああいう経験は、あいてが真剣なほど、可笑しいものですよ。そういうことをしらべるだけでも、興味があるとおもいませんか」

そんな会話は、料理屋を出て、シンガポールから呼んだ自動車が来る方角へ、すでによほど酒の入った安西さんと、間にすこしずつあいてをした僅かな酒で、充分ふらつきそうな僕とが並んで大きな椰子の下路を歩いているときしたものであった。ゆきがかりから僕は一生懸命にシンガポールの生活をエンジョイしてもらおうとしている奇妙な仕儀になってしまったわけだ。そういう僕の気持が、安西さんは不思議でならないらしかったが、だんだん僕も、我ながらどういうことなのかわからなくなってきた。

「はっきり言うと僕には、南洋にいようという気はすこしもないのです。もちろん、日本に郷愁があるなどとは、夢にも思いませんが、ここの生活にはなんの興味もないし、領事館などという仕事は、これですっぱりとおさらばしたいのです」

「なかなか決心は固いのですね。なぜ、そういうことになったのかしら」

「僕がここで病死しないうちにと、気持はかなりいそいでいるのです」

僕にしても、ここ一、二週間のうちに、ここを立去らねばならないからだであった。

「そんなに領事館がいやですか。代れたら僕が代りたいくらいにおもっていたのですが……」

「あなたは適任かもしれない。領事館が忙しいときは、出所でも人を雇うことがあります。領事に話をしてみましょうか」

「いや、それは待ってください。これから、僕がまたここで二年か三年落着いてしまったら、日本にあずけてある子供のほうも困るでしょうし、一度はかえってみなければなりませんし……」

僕は、あわてて、両手をあげて押止めるかたちをした。

立ち止っていてもたえずゆらゆらと揺れている安西さんの細いからだは、生きていることの味気なささを、インスタント紅茶のように振出し、烏賊《いか》墨のようにあたりににじませていた。決してそれは、わざとらしいニヒルのひけらかしではなく、人間存在のありように落胆《らくたん》しているような、淡々《あわあわ》とした悲しみのようにおもわれた。やはり、この風土が人間の心を腐らせてゆくことが、原因であることは揺がぬ事実らしい。友達は大木さんを置いて至って少かったようで、大木さんの他に一人二人の飲み友達がいたらしいが、それは、言葉通りの飲み友達で、「ああいう連中はただ飲めばごきげんなだけで、紹介をするほどのことはありません。ちょっと気をゆるすと、領事館を利用しようと、つけ込んで来るような奴らです」と一口に言ってのけた。なにか、そうしたことがあって、迷惑をかけられたらしく、すこしでもうさんくさいあいては、真向から割り切って、頑固に拒絶するところがあり、一見、それが官僚気質のようにみえた。しかし、僕には、そんなことは別に心に留まらなかった。領事館を小楯《こだて》にとれるならば、僕ならもっと威張りちらして、シンガポールの屑どもにもっと残酷《むご》く出て、もっといやがられてやるのに、とおもった。領事館に救いを求めてやってくるのは、親分の手から逃げてきた女たちとか、外国人の妾になった女が、その外国人が死んで、遺産をもらうための交渉とか、本国の正妻の代理人との諍いだとか、ときには、琉球の漁師たちの仲間の刃傷沙汰だとか、日本から逃亡中の兇悪犯人の処置だとか、いずれもすっぽりと埒のあくことは少く、ぐずぐずに終ることが多かった。領事館が警察権をもっていたとしても、あいてを逮捕できる警察官もいないし、つれてきても、監禁する場所もなく、本国へ送還するにしても、ついて帰る人間もいない。要するに安西さんのような係官は、みな空中に浮いたところで、事を運ぶと言うより、自然に事がはこぶのを眺めて、済《すみ》の印をおしているにすぎない。当時多かった政治犯、思想犯などに対しても、全く関知しないという態度であった。それで、日本の領事館はなんのためにあるかということになると、姉しゃまの保護のためにあるという考えがでてくるわけである。そうにちがいないが安西さんの血管のなかにはやはり、日本人の感傷が血とともに流れていた。酔っていい気持になって歌う歌は、「妻をめとらば才たけて」であった。

背の低い、やけに大きな葉をひろげたココ椰子の木が、月で照りわたった海岸の砂浜のうえに影を落していた。安西さんは、たのしく酔いが廻ってきて、僕と肩を組みながら、

「くるまなんか、まどろっこしい。二人で歩いて帰りましょうか」

と言った。

「虎が出よりますよ」

料理屋の女の口真似をして言って、僕はわらった。

遠くのゴム林のはずれの闇のなかから、くるまの近づいて来る燈火《あかり》が見えた。車がすぐそばまで来ると安西さんは、シンガポールの市内までとてもあるいてはゆけないとわかっているので手をあげて止めさせ、前言を忘れたように、ドアをひらかせ、まず僕を突き入れておいて、じぶんも乗った。英国人がつくった舗道はなめらかで、しずかに車は走った。

マライ人の運転は、安西さんの酔いぶりをよく承知していて、奥のくらいゴム林のあいだを走ってあっというまに、市街に入ったが、中国街の歓楽郷「大世界」の燈の赤くにじんだ空に、なにかの祭りでもあるのか、しきりに花火があがった。スラングーン通りを走って、僕のとまっている桜ホテルの前に出た。窮屈にからだをもじもじやって僕は、くるまの外に這い出した。そのまま、くるまは、山手にある安西さんの家まで、送っていった。階下の玉つき台の火は消えていた。階段をきしませないようにのぼって、とっつきの僕のとまっている部屋に入ると、洋服もぬがないで、敷かれた布団のうえに仰向きに倒れた。白壁や、天井を走っている肉いろのやもりの走り廻るのを眺めているうち、僕から、人生も、宇宙もなくなって、窈冥のなかに曳きずりこまれていった。そのあいだに大木さんの顔がひらりと浮きあがって、消えた。気にかかっているらしい。

——男と女が好きになった。それだけのことにどうしてさわぐんだ。マライ人は、たいていの人が一生に六、七度シャンジュ・シュバリエをやる。たしかにそれは、いちばん自然なことで、また、そうしたほうがいいことだ。一度の組合せぐらいで、生涯の伴侶をきめてしまうのは無理な話だ。

とおもうと、アントワープに残してある彼女が久しぶりで眼に灼きついてきた。

——人前がみっともないとおもう虚栄心でパリなんておもい出し、お互いに、つまらない消耗をしたものだ。自然の革帯《ベルト》にのせて、見送っていればそれですむものを、人間は、たわいないもので、周囲の世間のなかでじぶんをたてるため、ゆきたくもない仇討に出発する武士が義理の伝統から、鞋を穿き、弁当をななめに背負って、ほとぼりをさます旅に出るおろかさとよく似ているなどと考えた。

そのうち、いつのまにか、なにもなくなって、夢もみない熟睡に入ってしまった。明日の朝、あけて眼をさまして、おどろくべき二つのことが重なって僕をおびやかすことを、察知するすべもなく、死とおなじナッシングのままで運ばれてゆかねばならなかったのだ。

なんと、この人生から、愛情が色褪《あ》せてしまったことか。僕がただ気付かなかったというだけかもしれないが、人々の愛情をあてに生きることが稀になったことか。愛情が恥辱となる時が、なんと近々と来ていることであろうか。

おもいがけないめぐりあい

「桜ホテル」は、熱帯のことで、人の泊っていない部屋はどこもかしこも、戸障子があけっぱなしになっていた。顔を洗いに下りていって、階段をあがってふと気付くと、上り鼻の部屋の窗《まど》から、山手にのぼる車一台しか通れない狭い道を挟んで隣家の二階窗がこちらをむいていて、窗框《まどかまち》に肘をついた男がこちらをむいていた。気にも止めずそのまま部屋に戻ろうとしたが、ふとその顔に見おぼえがあるような気がして、小戻りしてみると、果して、それは知った顔であった。しかし、それは、あまりにおもいがけないことだったので、そうわかっても、急には実感があとについて来なかった。従って、当然口に出るはずの「どうして、君、こんなところに来ているの？」という質問も、出そびれたという感じであった。それは、東京での詩人仲間の交際のうちの一人の前田春声という、僕とは同年配か、ちがっても一つか二つちがいの人物であった。この前田春声君と知りあったのは、お互いに二十歳前後のことで、紹介したのは、やはり、僕の文学趣味の指嗾《しそう》役だった中条辰夫君であった。彼中条は僕がびっくりするほどたくさんな先輩同輩の知人をもっていた。見知らぬ有名な先輩の家に、なんの人みしりもなく訪ねてゆく勇気をもっていて、そのうえ、無類に粘りづよく、門前払ごときにおじ気づかない重厚な押しをも兼備していた。詩人ばかりでなく、片上伸とか、秦学文とか、吉屋信子とか、青木しげ子とか、東郷青児とか、坂本繁二郎とか、村松梢風とか、保泉良弼とか、その他、既に認められた、また、有望視されているさまざまな芸術家と知りあいがあったらしい。前田春声君もその一人であった。年配はほぼ似ていても、前田君と僕とでは、事芸術に関しては、霄壌の差があった。彼は弱年からその非凡な才能を認められていて、柳沢健、西条八十、茅野蕭々らの諸先輩と並んで、詩壇を白秋と並んでリードしていた三木露風の雑誌『未来』の有力メンバーであったのにくらべて、僕などは、まだ、どんなに歯ぎしりして力んでも詩人などと言える存在ではなかった。だから、心情としては、はじめて詩人という人間に会えるというわけで、胸をおどらせていた。前田君は、当時、小石川の茗荷谷《みょうがだに》辺の、メタクサ夫人というギリシャの老婦人の家に部屋を借りていた。メタクサ夫人は、早稲田大学でフランス語を教えていたが、僕のみた印象では、物にこだわらない、そのゆえに突飛なところもある性質の人のようにおもえた。夜更けて邸町を通るなべやきうどんを「なべやきうどんやさーん」と大声で叫んでよびとめたりした。前田君は、この夫人から、フランス語を学んでいたらしく、それ故に、当時全盛だったフランス象徴派の詩人の詩をはやくからよんで、身につけていた。彼と知りあってから、まもなく詩集『韻律と独語』という本を出して、その出版記念の宴会が、いまは廃駅になった神田須田町の駅内のレストランであって、名だけきいていた詩壇の有名人の顔をはじめてみた。その頃、知ったところによると、彼は、十六、七歳の頃から天才少年として知られ、当時の投書雑誌、たしか『秀才文壇』で、詩壇の三人のホープとして、北村初雄、前田春声、福田正夫が、写真入りであげられていた。日本全国の若い詩人たちは、「してやられた」とおもったにちがいない。そのへんのニュアンスは、現在の人たちとはずいぶんちがっていたのだろう。現在の詩人なら、そんなことは別にどうでもよろしいだろうし、既成詩壇が後輩に決定的に圧力をかけるような権威ももっていないであろう。

春声君がメタクサ夫人の家に寄宿する前には、僕とおなじ暁星中学の三年ばかり前のクラスの山内義雄君が、やはり同家に寄宿していたそうだ。そのことは山内君から、のちになってきいて、前田君についても、一、二度、話しあったことがあった。二人の話はほぼ一致して、「まことに彼は詩人であり、あまりに彼は詩人である」ということであった。

その後、前田君と僕とは、おなじく文学、そのなかの詩という狭い路をあるきつづけながら、あい疎通することなく、別々の環境を身にまとうことになった。むしろ彼の仲間の夭折した北村初雄君などと共感相通ずることとなっていった。そのすぐあとで、ホイットマン、カーペンターの民衆詩が、日本の詩界を席捲することになって、福田正夫の旗下になった若い民衆派詩人井上康文と知りあうようになり、その人の説伏で、カーペンターの祖述者富田砕花氏のもとで、民衆派まがいの詩を書くようになったが、僕のそうした新しもの喰い、早い日の目をみようという軽薄な射倖心をもちあわせていない前田君は、恐らく僕を軽蔑して、同時に僕の友人であることもいさぎよしとおもわなかったにちがいない。やがて引潮になった民衆詩派から、僕は僕なりにたくさんなものを学びとったことはあきらかである。一口に言えば、自然の大きさと不屈な人間の歩み、死ぬことと、永遠にのびてゆく人類の歴史についての西欧風なジュスティフィカシオン等々で、それが人間の生きているいかなる瞬間にも、手に提げもっていなければならない大義のようにおもいなされていたものだったし、その後数十年のながい地獄廻りをしたあとでも僕は、西欧的エゴイズム、つまり肌いろの白いものの欺瞞と考えて拒否の姿勢をとるような場合にも、この正義感の痕跡に、誇りがましく手でふれ、あま皮をさぐってみるのである。それは、僕だけの特殊な経験ではない。西暦千九百十年代に文学などに魅入られた若者たちの誰にしてもおなじで、国粋主義的な充血の時代とは、交互に、日本人の生甲斐の中心となって表に現れ、戦争と、わが家の平和とは相矛盾しながらもたれあい、生きることとの屈従とあきらめの鄙唄《ひなうた》をいとも哀感にみちてうたいつづけることになるのだろう。アメリカの荒原を風にふかれてさまようている根なし草のことを『To World Democracy』のなかで、エドワード・カーペンターは、うたっているが、日本に上陸したアメリカン・デモクラシーも、日本の精神の塵芥のうえを吹かれて、どこへさまよって、いなくなってしまったものであろう。そして、僕は、いま、ゆくりない仕儀とは言え、ヨーロッパを二度も旅してきて、この両手になにごとの必要からか、その昔の放浪の草の根っ子の鬚をつかんで、不毛の日本へかえる途中にいる。こんなくどい説明をここでしなければならない理由は、大正自由主義の洗礼をうけたむかしの仲間が、あるいはそのなれのはてが、三十歳も終りにちかい歳をして、おそらく一年近くもそれぞれが互いに知らない別箇な経験をしてきて、偶然、窓と窓とでむきあって、顔を合せたというのは、もし、それがなにものかの配剤とするならば、いったい、なんのつもりなのだろうか。第一、なんというべきか、僕は、言葉をしらなかったので、どうみてもまぎれのない彼を正面に据《す》えて、黙っていた。すると、彼の方から言葉をかけた。

「君は、長尾のところに厄介になっていたそうじゃないか。それは、困ったね。僕はこんど、『南洋日日』をやるためにこちらに来たのだが、君をうちへ呼ぶわけにはゆかないよ」

と、彼は言った。

「いいよ。いいよ。でも君ずっとこちらにいることになるのだね、家族も一緒?」

僕は、この詩人のほかのどういう仕事にもむきそうもない世事にうとい、純情なところをよく知っているので、心配になって、すぐたずねたが、その言葉がよくききとれなかったのか、答える必要がないとおもったのか、返事はなかった。奥さんをもらったことは、日本にいたときにきいて、メタクサ家にたずねたことが一度あり、その時、その奥さんにも会ったことがあるような朧な記憶がある。たしか、その人は、日本画を画く人だった。

僕は猶、一ヶ月以上シンガポールにいたが、シンガポールもひろいところであり、遂に一度も、彼と出会うこともなしに終った。

僕は、前田君とのその偶然な出あいが、なんにでも傷つきやすい旅心のゆえか、妙に物哀しいものになってのこった。彼が人並以上に繊細で、心に裏表がなく、教養があり、そのためかすこし自信過剰なところはあったが、このうえなく善良な性質を知っているので（そのことについては、山内君ともいつも話しあったが……）、こんどの新聞社経営者としての派遣も、そんなに手放しで、よろこぶ気にはなれなかった。正直に言えば、そんな仕事は、彼にはおそらく向かない仕事におもわれた。おそらく、あれからひどい貧乏のつらさを味ったのではなかったかとおもわれるが、そんな果ての今日、社長の古藤氏が急逝したあと、南洋日日社の後任として、おそらく相当高額の給料で、派遣されたわけだから、彼自身はいさみにいさんでやってきたことであろう。局外者の一浮浪人の僕には、はっきりしたことはいまだに見当がつかないが、話にきくと、むかし加藤朝鳥という人（この人は大正の頃にはまだ、文壇人のあいだで名を知っている人がいたが、いつのまにか人々の噂にのぼらなくなった。日本をはなれて南方へ行ってしまったせいだろう。殊更僕はあまり身近い人ではないので、なんのために南方へ出かけたのか知る由もなく日がすぎた）が、南へ行ったときいた当時、あの人は肥満した人だから、南方ぐらしはつらいことであろう。それにしてもなにしに？　と言っていた人の話を、そばにいて小耳に挟んだことはおぼえている。その肥満した加藤氏とは、直接ことばを交したことはないが、僕も、二、三度、なにかの会のときよそながら風貌を見かけたことがある。その人の書いた新聞の雑文のほうは、それも内容はおぼえていないが、眼にふれて、読ませていただいたという記憶がある。加藤氏の渡南も、その動機は似たようなことで、文壇の周囲の空気がむずかしく、気をくさらせた結果ということなのではないかとおもうが、あるいは、南方の開拓に力を入れる財閥か、その外郭団体でもあって、最初から邦字新聞を目ざし、氏がその皮切りを買って出たものか、そこのところは僕にはよくわからないが、いずれも臆測の範囲で、事実は、全くちがっているかもしれない。しかし、そのことに関しては、それほど昔のことと言うわけでもなし、いくらでも知っている人はある筈だから、どなたでも訂正をしてほしい。ただ、僕の知っていることは、加藤氏を先達として、南方各地の邦人在留民の相当多いところに、『南洋日日』の創立者古藤さんのような人がいて、日刊邦字新聞ができて、その人たちが、おおかた、詩人の西条八十氏とつながりがあり、前田君の赴任についても、西条氏の推薦によるものではないかと推測されるが、そのへんも、あくまで推測で、僕の気持では、なんとなくぴったりしないところがある。西条八十という人は、三木露風一派の俊秀で、詩人としても、フランス文学研究家としても立派な才能をもった人で、日本の芸術至上派の作家として第一流の人だったし、趣味ゆたかで、性格も、どっちかというと如才なく、くだけたところがあり、後年は、日本の流行歌詞の作者として、北原白秋と並んで、なくてはならない人物となった。最近死んだ作詞家のサトウ・ハチローなども、その方では師事していたときいている。世才もあり、兜町に出入りして株式にも通じていたというほどだから、南方発展の政策の財界人に知合いでもあるか、それ以上に、南洋協会というようなものの黒幕でもあって、そのところに朝鳥がからみ、新聞人の派遣というような人事にもかかりあっていたのではないかとおもう。

『南洋日日』の社長が死んだ時（それは、僕らのパリ在住中のことで、格別噂にもきかないので、なにもしらず、シンガポールに着いてからきいておどろいたようなわけであるが……）、当然、仕事を引嗣ぐべき長尾、大木の二人が疎外されたのは、編集部と営業部の確執ということは来るとすぐきいて知っていたが、それは、どんな事業にでもめずらしくないことである。しかも、『南洋日日』を退いて長尾さんがシンガポール日報社を別に設立した直後に僕が着いたので、ながくうっている『南洋日日』の名を信じた営業部の人が、新しい敵に対抗するために、東京の有力者に有力な、手腕のある編集のベテランの新任者を要請したにちがいない。西条氏が身近かな前田君をえらんで送ってきた人情はわかるが、どうして彼を送ってよこす気になったのかは、僕にはどうしてもわからない。惨酷としか言いようがない。長尾氏は、『南洋日日』の創立から事実上矢おもてに立って、今日を築きあげてきた本人で、在留邦人の気質、あつかいかたに通暁している上に、財界人とのかかわりあいもふかく、全くなにもしらないし、なじみもない新編集者が来ても、どう太刀打ちが出来たであろう。結局は、東京の人が、南方のそれらの事情についてなにもしらないばかりか、しる必要も認めていなかったのかとおもう。新しい編集長を迎えて、営業部の人たちは、どんな顔をしたろう。それから、『南洋日日』の今度日本からきた編集長を期待して迎えた土地の邦人有力者たちは、どんな奇異な顔をしたことであろう。それは、決して、前田君の能力を過小評価したり、カリカチュア化したわけではない。一言で言えば、畑ちがいと言うだけのことである。前田君の本領は、詩人である。詩人として純粋であればあるほど、荒い俗世間のなかで苦しまなければならない。彼一人ならともかく、奥さんもあるのだから、奥さんの苦しみはもっとひどかったにちがいない。子供さんがあれば、猶更《なおさら》のことである。僕はむかしの友人のなかで、彼ほどの生れついての詩人を知らないから、猶更、悧巧が目から鼻へ抜けるような西条氏（西条氏本人がえらんだのか、どうかも僕は知らないから、一途に彼の人のわるさとするわけにはゆかないが）らのやりかたが、残念におもわれるのである。

僕が、窗越しに二、三分ことばを交したあとで、いうにいわれぬ悲愁を味ったのは、如上のような次第であって、あの瞬間に味った気持は、不倖なことに、その通りの結果になったらしく、前田君は、あまり月日もたたないあいだに、不適任をじぶんでさとったのか日本へまた帰ることになった。そして、彼は、今日も健在である。そして、東伊豆の景勝の地で、むかし通り、たのしく詩を書いてくらしている。まったく、ほんとうの詩人は、詩をつくるより他にどうしようもないものらしい。僕などもおなじ詩人と名のみは呼ばれているが、前田君や、吉田一穂君のような天成の詩人というわけでもないので、一生のあいだにいろいろ色気を出して、柄にもないよそのしごとに手を出してみたが、森光子のコマーシャルではないが「一味ちがいます」で、かんじんなところであいてにされない。僕にとっては、「災なる哉、なんじの名は詩」とでも言うところ。前田君は、新聞人にならなくて、詩人に戻っていいことをした、と僕はおもっている。彼は、他の詩人にぬきんでて、堂々たる風貌をして、それだけでもすでに他を圧しているし、低音のよくひびく声をもっている。初対面の時、僕は大いに劣等感をもったもので、僕ならば、そのうえ詩など作らなくても満足だと感じたほどだ。

前田君に会ったあとで、安西君から呼出しの電話がかかって、いっしょに大木氏と出会い、前田君と顔を合せた話をすると、大木さんは、たいして興味もなさそうであった。安西君は、それ以上に無縁な話なので、ろくにきいてもいなかった。彼にとっては、新聞社がつぶれようと、焼けようとなんでもないし、勤めている領事館がなくなったとしても、あまりおどろくに価しないのではないかとおもわれた。ただ、連日の酒でふらふらして、今日も、からだに引力がないといった態《てい》であった。話すことはもうなにもないという様子だったが、この先ももう話はありませんともとれた。黙りがちに、あいてのコップにビールを注ぎあい、米粉ゴリンのほうをまずそうに僕がたべて、そのままで別れたが、それはいつものことなので、互いになんということもなかった。ただ、僕の心にただよいついた一つの顔だけが、ととのっているだけに、いたみがにじんでいないその顔だけがなんとしてもはなれず、のこっていた。

僕はひとりで、人気の少い南洋土着民だけの住んでいるアスファルト道を、道路に並んで寝ているヒンズー人を踏みつけないように気をくばりながらあるいていた。前田という人は、詩のことについては僕よりも一日の先輩だったので、会うときはいつも詩の話よりほかかしなかったし、彼の方でも、後輩をさとすという態度で終始したので、互いに、弱身をさらけ出して話しあうこともなく、従って、私事にわたっては、なに一つ僕の方からはわからないというわけだ。つまり、彼がどんな顔をして笑うのか、どんな顔をしてべそをかくのか、立派すぎる顔からは、うかがい寄る隙間がなかった。競馬場前の長尾さんの家に着いたときは、もうだいぶおそく、二人の坊やはねむって、家はひっそりとしていた。表と裏が通りぬけの土間になって、しまりの厳重な支那風家屋で、競馬場の外めぐりを、おなじ間取りのおなじ家屋が取りかこむように並んだ、その一つであった。裏口に近い小室に、新聞社で雑用をしている栃木生れの朴訥《ぼくとつ》な若者が一人寝起きしているだけで、間数の多い支那家屋としては、親子四人に一人を加えた五人は、まことに無人であった。中国の家族は、一家眷族が一つにあつまって二十人、三十人、時には、同郷のたより人をあつめて四十人も同居している場合もある。長尾さん宅の隣家も男女老若多勢が住んで、男たちは、朝早くから仕事に出て、はた目からはにぎやかそうに団欒してくらしていた。外からの眼には、日本人が互いにまじりあえなくて、別居を好むのにくらべて、中国人は、群棲をたのしむ民族のようにみえるが、それも、彼らのうちに入ってみたうえでなければ断定できない。

さて、話は、横のほうに外れがちだが、僕が、長尾家をその晩たずねたときには、長尾さんと奥さんの玉江さんとは、そろそろ寝るところだったらしい。新しい新聞社創設の時期で繁忙つづきで、おそらく、その夜はめずらしく早がえりで、はっとしていたところと想像される。五、六分も話をしたら帰ろうとおもっていたが、引き止められ結局二時間ほども話しこんでしまった。桜ホテルで前田君と出会った偶然を語ると、長尾さんも、ほほうとおどろいていたが、彼も、すでに幾日か前に、新しい『南洋日日』の編集長と出会って知っていると言った。

「どうでしょうかね。なんとかやってゆけそうにおもいますか」

と、前田君の印象をただすと、彼は、「さあね」と言っただけで、しばらく考えこんだ。

「こちらの事情はあまり知らないで乗込んできたようですね。あなたもうすうす御存知かとおもいますが、あの連中のなかへ入って、ひどい目にあうのではないかとおもいますよ。お話のような純真な人では、ながくはいられないかもしれませんよ」

あの連中と言うのは、営業部の人たちのことをさすのだ。僕はもともとこの新聞騒動とはなんの関係もない、いわば、ゆきずりの旅人で、長尾、大木の二人にいろいろ世話になった義理あいがあるというだけの人間だから、営業部にどんな人がいて、どんなふうに編集部とこじれたものか、どちらが分がいいのか、理屈が通っているのか、さっぱりわからないし、また、わかってみても、どうしようもないことであるから、そんな話は、それ以上、花も咲かなかった。それに長尾さんの出生は東北で、黙りがちな性質であるうえに、相棒の大木君のような酒のみではなく、めずらしく、一猪口も口にしないほうなので、その話は、それで終った。話はむしろ奥さんの玉江さんが、桜ホテルに宿泊している僕の無駄なついえを心配してくれていることのほうにうつった。玉江さんは、むかし市ケ谷の濠の外にあった老舗「あまざけ屋呉服店」のお嬢さんだときいて、牛込に長い僕があのへんの地理にくわしく、「あまざけや」の店看板を、ふしぎな屋号だとおもって、いつも通りかかりにながめてすぎたことを話したことから親しく話をするようになった。あまざけ屋の店は、市ケ谷などという閑散なところにあったが、呉服商としては、なかなか由緒ある旧家で、顧客は、廓内の諸大名並びにその家臣で、物々しい婚礼の仕度などの調達をしていたという。そんな家の娘だけあって、玉江さんは、江戸旧家の血をひいて瓜実顔で、唇が小さく、むかしむかしの美人顔であった。百三十度の熱国の果で黒ずんでゆく肌がいたいたしかった。心のはこび、気のつきかたも、そのむかしの東京娘をおもわせた。長尾さんとの夫婦仲もよかったようだ。なによりも、少々いたずらな二人の男の子がきずなで、異様な生活、風俗のなじめなさも耐えてゆかれたものであろう。

栃木の青年の起臥している小部屋と、本屋《おもや》とのあいだをつなぐように、調度はなにもないが畳を敷いたあき部屋がいくつかあった。そのどこにでもごろ寝をしていればすむ。もともと、暑熱の土地で、敷布団も、掛け布団も、体裁だけのもので、猿又一つの赤裸でころがっていればそれでいいわけだ。あまりやもりもいなければ、蚊も少い。厄介になるというひけ目を気にしなければ、まことに手頃な棲家である。それに、それ以前にも、旅の出入に三日、五日と泊めてもらったこともあり、いまさら遠慮してみても、可笑しいくらいなものであったので、翌日、ホテルを引払うことになってしまった。フレンチ・トーストにパパイヤ一個の朝食で爽《さわ》やかさも蘇った。

ふたたび蛮界

いまとなっては、一日もはやく日本に帰るか、ここに腰をおちつけてせめて半歳、まだ廻っていない地方、スマトラのパレンバンから、ビルマにでももぐり込んで、折柄、不況のどん底の南方から、しめ木にかけて若干《そこばく》の金員を手に入れるか、ハワイ、フィリッピンに入りこんで一稼ぎして、帰国当座のしのぎを用意しようと試みてみるかと、そのいずれかの決意にふんぎりがつかずにいた。日本にこのまま帰るにはすこし乏しいが、できないことはない計算でマライからかえってきたものの、その後のホテル代などがあって、少々の不足分ができた。ホテルに泊らずに、直接長尾さんの家に泊めてもらっていれば、文句なくいま頃は、日本にいるのにと、臍を噬むおもいがないでもなかったが、また、おもいかえしてみれば、アントワープにのこした彼女をなんとかしなければならないという身に余る大きな責任がかぶさりかかっているのを今更のように意識して、愕然とした。この重責を果すメドと言えば、南方の周辺を走り廻ることを置いて他にはなかった。それには、不況のはての不毛のマライやジャワ、スマトラを駆けずり廻っても効果はなく、ハワイ、フィリッピンが大きな魅力であった。しらべてみると米領のハワイ、フィリッピンの渡航はおもったよりもむずかしく、船賃も多額に用意しなければならないもようであることがわかった。長尾さんの家から桜ホテルに帰ってから、乏しい有金を枕もとに投出して考えた結果は、ともかくもまず日本へかえってみることであった。それも、親戚血縁の誰一人にも知らせずにそっと上陸し、何年ぶりかの故国の情勢を眺めて、そのうえで第二の企みにかかるより他はないと考えた。彼女のかえりの旅費を送るにしても、そんなまとまった金を手に入れることができそうな形勢かどうか、その瞬間としては、外地の見通しより輪をかけて、皆目、日本というものは見当のつかないところになっていた。

俺はまた、あのしがない日本へかえって、みるもみじめに生きるのか、とおもうと、暗然とした。我身の片われの子供をのぞいて、日本に再会したい人間はひとりもいなかった。でも、どうにも一度はかえってみるよりしかたがなかった。日本にかえる金のわずかな不足分なら、用立ててくれる人がないでもなかった。が、もう、金を借りに頭をさげてゆくじぶんのみじめったらしい恰好はたくさんであった。先方で欲しくもないにしろ、下手な絵で、そんなものを買っても、ゆく末紙屑とおなじで、元値がとれる気づかいがないと、双方でわかっているにしろ、品物をもってそれをうりにゆくというほうが、まだしもである。それに、日本人同士のことで、リオンでフランス人に、われながらつまらない絵と知りながらうりつけようとした、あの索漠として取付くしまもない絶体絶命にくらべればまだしも、こころが楽である。それかと言って、日本人がなつかしいわけではなく、東洋回帰などという、しおらしい了見はとてももてなかった。

——もう一度、こんどは、マライの東海岸のほうを廻ってみよう。

そこにはまだ、顔みしりでない日本人が若干いて、その人たちは、僕がそのふところから何程かをくすねようとたくらんでいることをまだ知らずにいる。ジョホール水道をわたるだけで、格別旅費もいらないから事は、簡単だが、自然の情況は、あまり芳しくないと知っている。海も荒いし、陸もよそよそしい。ジャングルはふかいし、猛獣もたくさんいる。マラリア蚊の巣窟であるうえに、伊勢蝦ほどの蠍《さそり》が、毒針をみがいているという。だが、野生の孔雀の群や、人間より背のたかい天狗猿もいるという。往路にも、口もとまでは行ったことがあって、だいたいはわかっているものの、とりつきにくい辺地である。

翌日、長尾さんかたへは、簡単におもいつきを話して、気がるに出発したが、内心ではこちらの勝手放題に呆れているらしく、殊更引止めようともしなかった。連絡の小さな蒸汽船で、手がるに、しかも、あっというまに対岸の、三五公司ゴム林第三園の荷物積出しの船着場に着いた。あらい風景である。根こぎにした雑草のうえにレールをかけて、トロッコを漕いで、現場に往復するので、他にあるいてゆける道はない。野象の群の通る路の雑木林は、なぎ倒されたようになっている。頭の上の木の枝に、赤い蛇がおどるような恰好でからまりついている下を、首をちぢめて通りぬける。トロッコの四すみにまで蚊取線香がたてられて、けぶりが渦をまいては風にふきちらされ、傍らにマラリア患者の苦力《クーリー》が、手足をちぢめて瘧《おこり》をふるっている。凄い速さで山をトりてくるトロッコとすれちがう。双方で、わけのわからないことばを投げかけながらわらっているが、悪口かもしれないし、もっと卑猥なことかもしれない。トロッコの終点にバラック建があって、そこが日本人の監督たちのクラブになっていたが、そのなかに一歩入ると、なかに休んでいる人の顔の見わけがつかないほど、濛々とした線香のけぶりである。たとえ僕が、どんな用事で訪れたにしろ、日本人の客はよほど珍しいことだとみえて、挨拶も、へだてもなく、そこにいる四、五人がすぐそばへ集まってきて話しかける。

「どこからおいでですか?」

「ゆっくり、逗留してゆきなされ」

などと言いながら、本当に人間さんなのか腑におちないというようすで、さわってたしかめる者もあった。三菱ゴム第三園のマネージャーは富岡さんという、年配の人だったが、誰かが社宅に知らせにいったものらしく、早速クラブの建物に姿をみせ、来意をきいたが、格別面倒だという顔もみせず、「ゆっくりあそんでいってください。蛮地のことでおかまいはできないが、みんなといっしょのものをたべて、それでよければ、いつまでいてもかまいません」ということだったので、なによりものんびりと心がおちついた。

しかし、ゴム園のうら側は、ふかぶかとした山つづきのジャングルで、うかうかとあそびあるけるようなところではなかった。東海岸は、越南と海岸線を一すじにした、あのへん一帯は、やはり南支那海と呼ばれ、海水のいろは、芭蕉《ピーサン》の葉のようにやわらかいが、その水にはなにが棲んでいるかわからず、月夜には、岸近い海のなかに人魚（じゅごん）が立ちあがって泣くということであった。鱏は五メートル四方もある大きなものがいて、鮫の群も怖れて近付かないと言うし、猛毒のある海蛇も一ところにかたまっていて、めったに泳ぐこともできず、陸地のように海底をあるく琉球の漁夫も、このへんの海には近づかないという話であった。宿舎の居心地がよく、人々は親切であったが、さて、ここの人たち（プランターたち）に絵をうりつけて、つらい荒仕事で貯めた金の多寡《たか》は幾程にしろもぎとるということは、無惨なことで、罪悪感を伴わずにはすみそうにないことがあって、用件を富岡支配人に言いだす機会もないままに二日、三日が経っていった。

富岡さんは、話上手で、むかしの経験をきいているだけで、そこの滞在がたのしくなるほどであった。日清戦争後、社命をうけて、主に南支那地方に、新しい利権を開拓すべく派遣され、広州、福州をあるき廻った末、さらに南下して東南アジアをさぐり、とどのつまりが、マライの外れの今日の仕事になったのだそうだ。それらの話はおもしろいのだが、本筋と関係がないので、ここでは省略することにする。ここに来た目的を話すと、苦労人の富岡さんは、「それでは、私も一つ、おつきあいしましょう」と言ってくれたが、さて、その註文の絵は、彼とその一家が、ゴム林の前で、写真をうつすときのようにあつまっているその実景を、如実に画いてほしいというのだ。油絵ならばともかく、日本画の描線で、似顔をかくだけでも大儀なことだ。しかし、ことわるというわけにもゆかないので、なんとかそれらしく画きあげたときは、神経をつかいはたしてがっくりとなった。

蚊取線香のむこうの人々

スリガデンの三五公司第三ゴム植林地のクラブの宿舎に泊っているある夜、森のざわめき音のあいだに、動物の咆吼《ほえごえ》をきいた。

「昨夜は、虎が近いところまでやってきて吼えていたのを聞いたでしょう」

とプランターの一人に言われて、

「あれ、虎でしたか」

と答えたが、やはり一向に恐《こわ》いなどという感じは起きなかった。シンガポールの動物屋で生捕ってまもない野生の黒豹《くろひょう》が、柵《さく》をゆすぶり眼をむいて飛びかかって来ようとしたときも、てんで恐怖心など起きなかったのと同じことで、例え、それが眼の前にじかに迫ってきたとしても、その位なことでおどろかないのであったが、それは僕一人のことではなくて、すべての人間がもっている一種のこわいものしらずであり、人間のながい歴史がつくってきた本来の自信の結果ではないのかと翻って僕はそうおもうのであった。その前には象の大群が、ジャングルとのあいだの雑木林を荒したということだ。虎は用心ぶかい動物で、ゴム液採集の苦力たちが被害をうける前に四、五日は毎朝おなじところにひそんで、絶対大丈夫ときわめがつくまでは姿を現さない。元々は臆病なくらいのものだ。山路でふいに出会った時には、先方の自衛のためにかかってくるから、あまり一人あるきをしないようにと、忠告をうけたが、おなしことを第二園でもきいたおぼえがある。南洋の山に経験のない客人が来るごとに言う、必ず出るきまりことばらしかった。

プランターたちが集まるバラック造りの大部屋は、そのひろい部屋のあちこちに渦巻蚊取線香のけぶりが立ちこめ、そこでくつろいでいる人たちの姿が、濛々とした深い霧のなかにいるように、頭ばかりが、ぼんやりと浮んでみえていた。僕がパリからの帰途であることを知らせてあったので、休み日だったので、シンガポールへわたって羽を伸ばす人が多かったが、若干の人たちがのこって一日、パリの話をききたいという人が、線香の煙のなかで僕をとりかこんだ。ながい、単調な山ぐらしの人たちはなにを話しても神妙にきいていたが、なにも実感のない話ばかりであったが、その結果、街娼が街にむれあつまっていることや、食べもののうまいこと、ニグロや、日本人、支那人の差別待遇のないことなどを話すと、結局は、「極楽みたいなところや」ということに終った。日本を出て五年、十年と帰ったことのない連中は、新聞などでみる日本の最近の変りかたが腑に落ちないらしく、根掘り葉掘り情熱をこめてききただそうとした。

ここを訪ねる用件のある人は、二、三泊して去ってしまうのだが、僕のように一週間も滞在する人はごく稀のようであった。クラブの客の居間は、なかなか、住心地がよかった。蚊帳《かや》の外にとまっている白粉《おしろい》をまぶしたようなやもりはやっぱりとび廻り、追駆《おっかけ》っこをしていたが、蚊を食べて生きているので、ベッドに横になっているかぎり、安心感があって、よく寝られた。

起きている時は、煙で気管支の毛細管をやられて、持病の喘息の発作が始まりそうになるので、海岸づたいの、マングローブの樹林が、なかば海に漬っているあたりをさまようた。この道は、人里遠く、現地人にも、支那人にも、人間というものには、一人も会わなかった。からみあったマングローブの樹林のつづきを、ことのほか色彩のあざやかなかわせみが、とび交《か》っていた。そのむこうの海は、浅みどりのタイルのように横たわっている。僕らが日本の海岸や航海にみる海とは全くちがって、胡粉《ごふん》のかかった、うつくしい色どりの表面とはまったくちがった、奸悪な底意があるような気がして、とても入って泳ぐような気にはなれない。ここらの地方をあるいて取材しているウクライナ生れの小説家コンラッドも、そんなおもいで、このへんを歩いたものにちがいない。海を右にし、樹林を左にしたこの淡泊な自然は、なにか腑に落ちない。これ以上長逗留をしてみたところで、しかたがないとおもいながら、画をかいて売る仕事の収穫に未練があって、おもわず、一日、二日と日がたってゆくのであった。人間の日々は、たいてい、そんなケチな助平心にすがって過ぎてゆくものらしい。スコールの過ぎていったあとの水たまりか、路を越してひいていった海水がそこにのこっているのか、林は、そのきれいな水に足を涵《ひた》している。近よってのぞいてみると、横たわった芭蕉の葉のなかの水に、おびただしい孑孑《ぼうふら》が、からだを踊らせている生態がみえ、人の気配を知った蚊の群が、僕の顔にむかっておそいかかってきた。アナフレスと称ぶマラリア蚊にとって、この自然は、ふさわしいきれいさであるとおもったが、あの腰の高い、洗練された精悍な姿をたしかめると、先へゆく気にはなれないで、そこから引き返した。山ののぼり口に、小さな支那人の部落があった。そこにある一軒の休み茶屋に入って、ぼろぼろになった小卓に腰掛け、山ゆきのトロッコの出発を一時間以上もそこで待っていた。炒米粉《ミーフン》一皿を食べていると、この家の子供らしい、七歳から四歳ぐらいの女姉妹が、他の客のいない土間のいくつかの卓のまわりを走り廻ってあそんでいた。そのことばから、福建省らしいとおもっていると、母親が出てきて、やかましいと叱った。その髪のゆいかた、頭のてっぺんに、金いろの大きな耳掻き状の笄を挿していることで、まぎれのない福州人であることがわかったが、福州の方言などこちらにわかる筈はないので、笑顔をみせながらそこを出て、トロッコに乗った。

クラブに帰ってみると、まだ勤務中で、宿舎には、富岡氏一人が、相変らず線香のけぶりのなかで、ぽつねんと椅子に腰掛け、なにか考えこんでいるようであった。僕をふり返って、僕をむかいあいの椅子に坐らせ、

「御散歩ですか」

とたずねた。僕がまだ返事をしないうちに、

「なんにも別に見るに足りるところはないでしょう。従業者にもうすこし慰めるようなことを考えているのですが、あなたは、フランスまで行ってこられた人だから、いいおもいつきがあったら教えてください」

と相談をかけられ、

「さあ」

と首をひねった。

「富岡さんが考えておやりになるのもいいでしょうが、従業員の方々に一人一人、希望をいくつか提出させて、それによって一つ二つをお選びになればいいではありませんか」

と僕が言うと、彼は、

「それも考えて、すでに実行してみたんですが、これという結論はでなかったのです。他では、テニスとか、撃剣だとかやっていますが、うちの社員は、消極的というのか、身体をつかって、くたびれるようなことは、性に合わないようなのです。毎日の労働がはげしすぎるのかもしれません。皆、暇があると眠っていたがる連中ばかりで、芸術に興味がある者など、皆無といったありさまです。パリや、東京のおはなし、みんなよろこんで居ます。連中の趣味と言ったら、まず小金をためることです」

「それは、内地でも共通なことではないでしょうか。日本ばかりでなく、世界じゅうどこの国でも、どこの人間でもおなじでしょう。でも、小さな趣味となれば、なにかあるものでしょう。碁将棋とか、マージャンとか……あまり費用のかからないことが……」

「それはあります……が、元来、ここへくる連中は、生物や、植物の専門の学校を出てきた男なので、本当は、ひと並な欲望が乏しいかもしれません。しずかにひとりでなにか考えごとしているほうが好みかもしれません。そうおもうと、無理に遊びを押しつける気にもなれなくなりましてね。こつこつ専門の熱帯植物の研究をしている心掛けの人間もいますので、それを邪魔するわけにもゆきませんしね」

　ここに働いている人たちは、理解のゆきとどいたよい人のもとにいて、しあわせそうだと僕はおもった。そろそろ、明日頃までにシンガポールに帰って、よい船便にまにあわなければならないと言うと、富岡さんは、別れを惜しんで、画の代金のほかに、若干の餞別をくれた。主任のほかに、上役の二、三人からも画代が入ったが、それらの金員は、画代というよりも、こんな辺地まで訪れてきた僕への好意のしるしであった。

かえってきた詩

シンガポールへ帰ってみると、緑が少い直射の太陽のせいか、暑熱がひどく感じられた。出がけに、長尾夫人は、「ホテルなどついえをしないで、家にかえってこい」と言ってくれたが、そう無遠慮もできないので、また、桜ホテルに泊ることにした。帰りついた夜、うすいフトンの上に腹這いになって、持金をしらべてみると、きっちり神戸までの旅費はあり、小づかいまではちょっと足りないので、翌日午前にグダン街の日本郵船まで出かけて、船客係の旧知斎藤寛をたずねて、様子をたずねてみた。「生憎、郵船の船は、一昨日出たばかりで、あとの船は二週間待たねばならないが、それまで待つつもりなら便宜をはかってあげる。それが待てないなら、フランス船もある。フランスの船なら、君にもことばが通じるから、その他の船より都合がよかろう。それに、等級が多くて、一番下は五等まであって、まあ、デッキ・パッセンジャーのようなものだが、辛抱してそれに乗ったら、どうだ」とすすめてくれた。

「やはり、十三日待って、郵船の船でかえることにするから、その時はよろしく」と言って、僕は帰ってきた。しかし、ホテルの階下のソファに腰をかけて考えてみると、郵船の船に乗るとして十三日間もべんべんと日を送ってホテルに待ってみるとして、安ホテル代としても、また候《ぞろ》、金銭がぎりぎりすぎて、子供をあずけてある子供の祖父の家にかえるとすると、土産一つ買えないで、神戸、大阪でまた滞在して金をつくり、宇治山田にいる子供の祖父たちの家にかえらねばならない。何年間か音信も疎なその家に手ぶらでかえるのも、あいてが常識人だけにゆきとちがわない姿でしょんぼりと帰りついた場合、どうおもうかが、先方の思惑がどんなものかわかりすぎているので、気がすすまなかった。それに、三菱第三ゴム園で手にした金を加えると、旅費きっちりで、事によるとまだすこし不足がでるので、もう一度他所へ出かけて稼がなければならないことになった。安西君は、病身がちで、勤める気力もなくなったので、僕が第三園にゆくとまもなく書記生を辞めて、日本の郷里へかえってしまい、大木さんは、現在の宿を引き払って、やむなく、謹慎中のようにひっそりとくらしていなければならない状態であった。長尾さんには、迷惑をかけすぎているので、金までも無心する心持にはなれなかった。他に立ち入ってこちらの話をきかせても、誰もあい手になってくれるものはなさそうだし、雑誌『楽園』の縁故でわずかにつながっている斎藤氏にも便宜をはかってもらっているので、そのうえ、旅費の問題を話せるあいてでもなかった。

そのとき、僕の心が、とうにあいそづかしをしたか、先方から僕にあいそをつかしたのか、どちらにせよ、全く無縁で、十年近く離れていた詩が、突然かえってきた。それほどまでに自分が他に取柄がない人間だと意識したときは、そのときがはじめてで、その時ほど深刻であったことはない。

目立つほどではないが、シンガポールを根城にする日本人の数はなかなかいたが、上述の人々の他には、二人ほどしか知らなかった。その二人のうち、一人は、オランダの後家の、ほとんど白髪の頭の老女に仕えている、顔いろのわるい鳥貝という四十男と、なにをやって生計を立てているものやらわからない、原住民と支那人の混血児らしいシャオという男、その二人ぐらいなものであった。むろん、彼らに金策の話をもちかけるどころか、彼らはいつも腹をへらしていて、たりないこちらの財布から、弁当屋の払いを貸してやらなければならない仕儀であった。長尾家では、彼らが僕を誘い出しにくるのをいやがるので、表口からではなく、裏門から入ってきて、いきなり、僕が寝ているところへ、つれ出しにくるのが常例であった。

そんなもの書いたって、なんの足しになるものかとおもいながら僕は、二人を引きつれてシンガポールの熱い日中を、街と、街の周辺をあるいて材料をあつめ、「星洲坡《シンガポール》」という長い詩を十日もかかって書いたが、あまり、じぶんでも感心できないものだった。

——やはり、書くほどのことではなかったとそのまま投出してしまったが、二人がたえまなくしゃべりかけ、詩のために考える感興がそがれて、緊張する暇がなく、そのうえすこしあるくと、飲んだり、食べたりの催促をするので落ちつく暇がないので、「仕事はすんだから、もう呼び出しに来てくれては迷惑だ」と、決心の末、はっきりことわった。それにも拘らず、シャオだけは、その後も用ありげにやってきて、イギリスと支《チ》那《ナ》の混血のすごい美人がいるが、ぜひ、見てほしいというのであった。大層な美人で、支那の金持のところに妾奉公をしていたが、いろいろ気に入らないところがわかってきて、例えば、約束の金をためて支払わないうえに、変態なことを要求し、おまけにたいへんな老人のうえに、助平で、怒りっぽい。こちらから縁を切って飛出してしまったが、そんなあいてだから、貯金一つたまらない。大人《トワン》のことを話したら、是非会ってみてくれというのだとかたった。また、その契約は月一回でも、毎週一回でも、気がむいたら、小さな部屋を借りて、金の話などなしで、一緒に住んでもいい。食事洗濯などは、その女が万事世話をしてもいいという申し出もある、とも言った。

「でも、僕は、この次の船で日本へかえるんだよ。それに、持金ももっていないし、先方の女もどんな女だかわからないし……」

と僕が、もう一つ決然と撥ねつければいいのに、なにか気に止めたような調子があったとみえて、シャオは、小鞄のなかにはさんであった本の四六判ぐらいの大きさの写真を取り出してみせた。見まいとしても見ないわけにゆかない近さのところへもってきて、その写真をひらひらさせるのでわかったのだが、成程、シャオの言う通り十人並ではない愛らしい顔をして、おまけに、ベラスケスの鏡のなかの女のようにすんなりとした全裸体の姿で、下半身は床の絨緞《じゆうたん》のうえにねそべったまま、その整った顔をすこし微笑《ほほえ》ましていた。写真のすみをつまんでシャオから受取り、ちょっと眺めてからそれを返し、

「そうだな。君の言う通り美人だな」

僕はつい不用意に口に出した。

「今日は、水曜日ですね。金曜日の午後八時というのはどうでしょう? ラッフルス・ホテルのロビーということでは……」

僕が猶、腕組みをして考えていると、シャオはひとりできめこんで、こちらの心の変らないうちとばかり、いそいで、帰り仕度をして外へとびだしてしまった。

彼が去《い》ってしまったあとで、みごと、彼に尻尾《しつぽ》をつかまれてしまったことがわかってきて、後悔した。ここのところ、僕は、あせり気味で、若干の不足な金をなにかで稼ぎ出そうと心を砕いていたので、混血女を買うどころの始末ではなかった。いまもっているかえりの金もそんなことでぐずぐずと失って、元の木阿弥《もくあみ》になるのは、火をみるよりもはっきりしたこととおもわれた。少くとも、またしても、半端ながらの不足が出来て、

布哇《ハワイ》にでもゆくよりしかたがないことになりそうであった。解決はのびのびになって、結局はこの土地に住みついてしまうよりしようのないようなことになり、一種湊地の博徒にでもなるのが落ちであった。領事館の厄介ものの、そういう人たちも、僕は知っている。日本人ということの誇りを盾《たて》にとる正業についた人たちよりも、よっぽど話が通じるところからみると、僕もどうやら、そんな落草人《おちゆうど》の仲間のほうが近い人間なのかもしれない。

ラッフルス・ホテルのロビーでの混血娘との会見は、まるで会話の稽古でもされているようにごつごつしたものであったが、それでも意は通じて、僕がシンガポールにいるあいだ、手頃に交渉をつづけようという話になった。その日は、そのまま別れ、まず、一週間たった土曜日の夜八時頃に、所定のホテルで出会うという手筈をきめた。出会はスムーズにいったが、ことばがよく通じないということは、あいてがどこの国の人であったにしても、たよりないことである。部屋に入ると、天井で扇風機が、渋うちわのようにばたばた音を立てて廻っていて、その下にベッドがあり、ベッドのまわりに張った白蚊帳にはあい変らず、やもりが三、四十匹はとまって、人間の小指《こゆび》の切りっ放しのようにに、とんだり、はねたり、走ったり、それを逐《お》いかけたり、小さなレスラーのように、絡みあったり、離れたりして交尾し、そのあいだに、人臭いにおいに寄ってくる蚊をたべたり、いそがしそうなその生きようは、すべてみな人間の生活の縮図のようであった。

僕が、白蚊帳を張りまわした支那ベッドに入り、暑いので、肩を出して、遠近で濃く、うすく影をうつしてやもりがとび廻るのをみていると、約束の時間に、ほぼ正確に、半扉を胸で押して彼女が入ってきた。入ってくると、ききとれない英語で、一言、二言なにかしゃべってから、おもむろに、両腕を首のうしろへ持っていって洋服のホックを外した。それは、男のしてやるサービスのようだが、半眼を閉じて眺めているほうが、煩わされないで、彼女の存在の手ごたえを感じとることのできるたのしさがあった。僕がいることなど、ほとんど気に止めないようすで、身につけたもののすべてをぬいで、バス用の黄ろいタオルのケープをからだに巻きつけた。着がえの暇の女のからだはめざましく、瞬間、紫いろの焔がカーテンにでもうつって、もえあがったのかとおもったほどだった。僕は、やや周章の気味で、平静をとり戻すために、そっと眼をつむらなければならなかった。そして、混血の女の、僕の眼からは、二つのかけはなれた民族の美点のよいところ取りした、さらにそのいずれよりもすぐれた魅力に燿やいでいるのを瞥見《べっけん》して、ふしぎと感動をおぼえ、それが、どうした理由なのかを考えていた。それよりもつよく、熱っぽい女の片脚が、シーツを掛けたうすい毛布のあいだに、もぐりこんで来るのを期待しながら、ときどき、うす目をひらいてみた。なにごとも起らなかった。彼女は、こちらへは背なかをみせ、わざとこちらのこころをじらせているとしかおもえない、のろのろしたしぐさで、洋服戸棚のハンガーに、ひらひらしたきものをかけたり、小さな手さげ鞄のなかから、煙草の箱を出して、しめっているらしいマッチを根気よく、なん本もすったあとで、やっと火をつけて吸いはじめた。そういう彼女を意識しながら、僕は、なんとはなしに眠たくなった。意識がなにかに吸込まれてゆく瞬間、固い木質と金属がぶつかって立てるような、かん高い音がして、もやもやした睡気がけしとんでしまった。彼女がじぶんで左腕の根元から、義手を外して、卓のうえに置いた音であった。義手をとった左腕の痕跡は、巾着の紐をしめたように盛りあがった肉の中心だけがふかくくびれ込み、周りの肉のふくらみが、指でさわるとぶよぶよと柔かかった。なにか毒のあるものに咬まれて医師が切断したものらしかった。毛布の下でもぞもぞやっているので、——また、片足も義足で、股のつけ根からぬけて、寝台のしたにころがり落ちるのではないかと、心労するより先に、さもあれかしと秘かに望んでいるのであった。眼球もそのどっちかを、彼女じしんの指でほじくりだしてみせて欲しかった。世人が異様なもの、片輪なものと見做《みな》すものの強烈なしぶきほど僕にとってたのしいものはない。それは、随分遠い少年のむかしから、いや、もっと遥かな幼年の記憶とは言えないくらいな時代から、感覚的に身につけた偏向したこのみで、いまも猶、そうである入浴の瞬間の厭世的な気持や、かるい癲癇《てんかん》の発作の無の世界から人間の世界に戻ってくるときの、なんとも形容のできない安堵の恍惚感と、どこかで根と根がからみあったもののようにおもえてしかたがない。それから、しばらくして、彼女のからだから、もう一つ、はじめは小さな黒子《ほくろ》か、痣《あざ》のようにみえて気にも止めなかったが、背筋のすこし右横に、目立たない萱草《わすれぐさ》の花が刺青してあるのであった。そのみすぼらしいほりものは、波止場町の裏町などで、入口の壁いっぱいに極彩色な図柄の見本をかざった西洋ほりもの師の電気針で彫った油絵式なもので、よくみればなかなかはなやかなものであった。「シンガポールで彫ったのか」とたずねると、「そうよ。でも、痛かったから、これだけにしておいたの」と答えた。また、「そこのマダムは、和蘭人《ダッチ》で、ふとったおばさんだが、首から上と、手くびと足首をのこして、からだじゅう彫りでうまっていて、見世物にも出たことがあるが、図柄は管弦楽《オーケストラ》と妖精の踊りで、笑いだすような可笑《おか》しなものなんだけど、ほんとうに見事に出来ているのよ」

話をきいていると僕も、日本へかえる土産に、ほりものだらけになってみようか、などと考えてみた。そんなことを空想しているときが僕には、いちばんたのしかった。

郵船の斎藤君が折角手に入れておいてくれた、十四日目に出港の船には、結局乗らずじまいで、またまた彼に不義理を重ねた。一日も早くシンガポールを離れる気だったが、この土地にながく居れば、すこしずつ、知らないうちにからだから根が生《は》えてしまって、それがまた、まんざらわるい気持ではなかった。だんだんうごくのが億劫《おつくう》になり、猛暑もなれればそれほど凌ぎにくいばかりではなく、夕方ちかくには驟雨があり、落日の壮麗さは、なにものとも換えがたいし、そこに生育するものは植物、動物にかぎらず、われらの常識の框《わく》を外して、測りしれず氾濫し、調和できないもの同士を奇抜な方法で一つにし、世界のゆきつく果までつきあたった熱気の悒愁でどこでも、いつでも、どんよりとさせている。西欧人がむかしから夢みてあくがれていたエルドラドがこのあたりから無限にはじまり、彼らの神のパラダイスには居ない、樹々の深淵《しんえん》がそこにはあり、パラダイスにはない花が咲き、さらに不思議な果実が熟し、甘美な味と、有毒な棘《とげ》や牙に身を鎧《よろ》った死と生との充実したからみあいが、地上や海を蔽うている。義手で、片目で、背なかに小さなほりものをした混血の女は、貪欲で、決して清浄に澄むことのない僕の眼をくらまし、こころをそそのかして、これだけはかえりの旅費の基本としてとっておいたそこばくの金を、またしても、のこり少なにしてしまった。しかし、財布の底が、イギリスの金の二、三ペンス、フランスの金の二十サンティムの銅貨一枚という裸同様な次第になってしまっても、それほどおどろきも、あわてもしないのが、僕の性分なので（それは今日猶あいかわらずそうなので、多くの人にあいそをつかされる原因でもある)、そういうことになったら、宿のたたみにひっくり返って、あい変らず天井を走っているやもりの交尾を無心にながめ、大正時代に日本で流行した、流行歌などを、歌詞をところどころ忘れたり、まちがえたりしながら、鼻唄でうたったりして時間をやりすごしたりしているのであった。はやり唄ほど、むかしをそのまま、環境といっしょにおもい出させるものはない。それが、唯一とも言っていい、僕の郷愁であり、ちょっとした泣き所でもあったらしい。そしてその度毎に、その時間が、じぶんにはふたたびかえってこない時間で、たとえ、日本へかえっても過去はどこへいってみても、塵かけらも拾うよしはなく、紅海からみたアラビアの沙漠の風紋のつながりのように、索漠《さくばく》とした地平で、そのはてはちょん切られているものとしか考えられない。僕がどれほど言葉を飾って世辞で固めてみても、この南蛮の地で、明日を考えずにくらしていることは、旅の泊りのもの珍しさのうちならばともかく、それがいつはてるかしれないということになってみると、心が渇《かわ》いて一刻もはやく立去りたいとおもうことが耐えきれなくなる。しかし、ふしぎなことに、親兄弟をはじめ、友人や仲間など、人間個人として、再会したいという顔は一つも浮んでこない。幼な友達もいなかったし、文学、詩などでいっしょにしごとをした連中でも、会ってみたいという人の顔はなかった。誰も、僕がかえったことを歓迎してくれる筈はなかった。ただ、僕らがかえることで運命が変るのは一人の息子であり、ほっとするのは、幾年間、その息子をあずかって育ててくれた、彼女の年老いた父母と、彼女の弟妹たちであった。それから若干の例外は、僕のようなものを頼りにしていた弱気で、機嫌の変りやすいジャズの正岡容《いるる》と、すこし僕より年配の佐藤惣之助ぐらいしか考えられなかった。そして、その予想はあたった。僕のために変らぬ好意をもちつづけ、いろいろ骨を折ってくれた人、歌人の松村英一という先輩だけであったが、それは、当然すぎることで、僕が何年か日本を留守にしたところで、恩怨はいたってうすく、そんな人間は居たって、居なくったって、どうでもいいことであった。ろくでもない人間のろくでもない生涯にそこに存在していたというだけの話で、そのことはいまでもちっとも変りはしないが、ただほんの少し変ったことは、僕の書くよしなし草を、活字にしてくれる本屋さんがあるというだけのことである。

シンガポールの宿で、寝そべりながら考えているうちに、そんなところへかえってみてもしかたがないし、この宿にいつまでもこうしていられるものでもなし、どうした方がいいのか、はっきりした分別がなかなかつかなかった。ただ妙なことは、それならば死んだらどうだというおもいつきが湧かなかったことだ。死ぬとなれば、このへんの土地では、いとも簡単であった。そんな高尚な考えは、僕のぼやけた頭脳では、なかなか思いつけなかったのだろう。そのときばかりでなく、幼少から、絶体絶命なときにも、自殺してらくになろうという妙案は浮ばずに、今日まで来てしまっている。そして、ひたすら、わけもなく「死」をおそれ、「死」に追込むあいて、それが権勢にしろ、規制にしろ、むしょうに腹が立ち、そのときのじぶんにだけ、なにか生甲斐のようなものを感じることに気がついた。他人を死にまで追いこむ立法はぶちこわさねばならないし、第一、他人に痛い目にあわせられる義務はない。いわんや、じぶんでじぶんを殺すようなことを美徳と考える武士道などののこっている日本へかえることがだんだん気の重くなるのを感じた。たしかそれはブルッセル市の郊外にある、小便くさい映画館で、突然、銀幕いっぱいに、『腹切り《はらき》』というアメリカ映画が映し出されたときのことだった。腹を切ってみせる俳優は、早川雪洲という日本人であった。隣席にいるベルギー人の労働者は、日本という蛮国の奇習だとでも考えているのか、格別ふしぎそうな顔をしてながめていた。終りまでみているのが羞《はず》かしくなって、その映画の途中で飛びだしてしまったが、その当時、世界で唯一の死刑のない国だったベルギー人も、第一次欧州大戦のときは、ドイツ人の兵隊を一人でも多く殺すことが栄誉だと考えていた。主人と家来のきびしい差別があり、主人のために家来が死ぬのは、当然、且つ名誉と固陋《ころう》に信じこんでいる日本にかえってゆくのが、われながらいやだという感がつのっていったのは、植民地にいる日本人が、日露戦争当時とそのままの考えかたをもち、丁度、満州事変、上海事変とつづいて、日本と支那の関係が険しくなるにつれ、当然のように日本の侵略を正当化し、こちらがおもっている通りをしゃべったりすれば、非国民ということで、どんな目にあうかわからないという形勢だったので、夢にも戦争に対する意見など口にはできなかった。それに、男にくらべて、女が、一層、輪をかけて、愛国的で、ながく滞在すれば、ボイコットをされそうであった。ただ、『シンガポール日報』の長尾氏だけが、戦争のゆく末見通しと、批判をもっていたが、邦人あいての新聞だけに、日本政府や軍部の意向で、あらぬ記事を書かねばならないことで、どんな心にもないことでも歪んだままを報道しなければならないことがつらかったことか、察するにあまりがある。

わずかの滞在のあいだにシンガポールの華僑たちの排日的感情はひどくなる一方であった。満州戦線での、白川大将の戦死が大きく報道され、華僑は熱狂して、日頃の日本商人優先に対する反感が爆発して、人力車の苦力たちまでが、日本人の乗車を拒むほどになった。どこの商店の軒にも、忠勇馬占山のビラが貼られ、店の奥には、英雄蔣介石の肖像がかざられ、紅蠟燭が、うすぐらい祭壇の奥でゆらゆらしていた。幾度か遭遇したこれまでの排日さわぎは、なにかその底に目的があって、蔣介石政府が支那の大きな財源である華僑から醵金をさせるという一事にあった。この度、白川大将の戦死という勝報で、華僑を熱狂させようというのだから、なにかシンガポールの街の支那人たちの熱狂ぶりは、異常であった。往来では、大道講釈師が、新聞の号外を路上にひろげて、それを種に『三国志演義』をさながらに、馬占山は、関羽張飛の働きと調子にのってまくし立てている。その周囲に黒山の人だかりで、その人ごみのあいだから首をのばして、釈師の脱線ぶりを興ぶかく眺めていたものであった。

そんな一日、また、シャオが来て、

「混血娘はもうシンガポールからいなくなって、セイロンへわたったが、こんどは、シャム（タイ国）の女で、すばらしいのがいるが、どうか？」

と、うりものに花を添えるため、さまざまに、シャム女のよいことを並べ立てた。シャオは、どうみてもうさんくさい、誰にも好感をもたれそうもない男であったが、僕には彼についてとやかく言う資格はない。僕が、多くの日本人からもたれる悪感情は、僕がシャオにもつ嫌悪を上廻っているからであり、敢て言えば同類であり、ただ彼のように、女性をつかって客の人間的弱味につけこみ、食いついたら滅多に離さないような器用な真似が僕にはできないだけのことである。そして、すでにじぶんの仕事のすんでしまった女を味噌くそに言うことで、新しい玉をうりこもうとするのであった。

「あんな女とそうながくかかりあったら、ろくなことはありません。わるい紐がついていて、どんな迷惑がかかるかしれたものではないし、あの女がそもそも大変な奴で、泥棒、逆スパイ、なんでもやってきた女です。からだじゅう弾丸や、ナイフの傷痕で、満足なところはないという話です。それに比べて、こんどのシャム女は、シャム国の王族の血をひいているのだそうで、さすが名家の姫君だけあって、どこか上品で、おっとりとしています」

きいているのがばからしくなってきて、

「あのハフカースをつれてきたときにも、君は、イギリス総督と、支那の大商人の娘のあいの子だと言ってたね。まあ、僕にとっては、血統や門閥なんど、どうでもいいことだ。シャムでも、スマトラでも、なんでもいい。但し、僕はいま、金をつかい果して、これだけしかもっていない。この金で、そいつをここへつれてきてくれ」

銅貨四、五枚しか入っていない古財布を彼の前に放りだした。

シャオは、あわてて財布を拾い、四、五枚の銅貨がころげ出たあとで、財布を逆さにふるってから、どこかに紙幣《さつ》がひっかかって出てこないとおもったらしく、いつまでもなかをのぞきこんでいた。

紫気に巻かれて

ぽん引のシャオが、くたびれた一張羅の背なかを曲げて、長尾家の裏口の板戸を押してきょろきょろ左右を見廻しながら、僕のねている部屋を覗きこんだ。ねているといっても畳のうえのごろ寝である。さすが無頓着な僕もこの男がしげしげと訪ねてくるのには、もてあまし気味であった。と言うのは、この男は札付きで、この家の奥さんも顔を見識っていることとて、あまりいい顔をしないのに気がついていたからだ。

「あんまり大威張りで入ってくるなよ。ここのうちの旦那はポリスの親方だ。用があるなら、そっと入ってきて、黙って合図をすれば、表へ出ていって話をきく」

シャオはそんなことを何十ぺん言っても心に止めておくような男ではない。

「承知、承知」と言いながら、そんなことを心に留めるようなしろものではない。そしてじぶんの要件だけを言うと、さっさと出ていってしまった。僕もまた多寡をくって、折角の要件をきいていなかったので、彼がなにをしゃべっていたのかと考え出そうとしたが、おもいだすことが出来なかった。

その翌日も彼はやってきた。こんどは、「そのシャム女を近くまで連れてきて、待たせてありますから、ちょっと遇ってみてください。鳥目不用と言った通りですから、足だけはこんでくれれば、それでいいのです」と言う。「いま用がある。うるさいからもう来ないでほしい」と声を荒くして追返すと、さすがのシャオも面喰って、飛んで出ていった。しかし、シャオが、開き戸を閉めていった瞬間、僕は木草履をつっかけて、すぐあとを追った。どっちへいったのか、影もかたちもみえない。

少々の未練を抱いて僕は、家に引返した。金も要らないという言葉のうらに、どんな魂胆があるのか、一応突き止めておきたかったのだ。おそらく、ああして怒鳴り返したからもう明日は来ないだろうと、そのことがすこし淋しくもあって、新聞社からかえってくる栃木県の青年の帰りを待って一部始終を話すと、「怒鳴ったくらいでは、そういう奴は引退がりません。また来たら、横ビンタを張倒しておやりなさい。きっと、まだ、何とかやって来ますよ」と言う。

そのとき僕は、横ビンタを殴りつけるどころではなく、シャム女というのを、いますぐいっしょに見にゆくことになってしまった。シャオは、昨日のように剣突《けんつく》をくっても、たとえ靴で蹴飛ばされても、別段心のしこりなどのこさず、相変らず陽気な声で性こりもなくしゃべりちらしているのを眼前に見ていると、四十歳近くの年齢の手前でも、手をふりあげるような真似はできなかった。

シャオが僕をつれていったのは、シンガポールのような碁盤目に近い街通りでも、中国風な、ひとりでは二度とゆけそうもない、土塀で曲りくねった裏通りで、その辺は中国人よりも、爪哇《ジャワ》や、ヒンズーなどの住むこみ入った街であった。すぐ傍らにユダヤ人の固まっている通りがあり、日本のあっぱっぱの裾が足の甲をかくすほど長いのに、首元は大きなひだのを着た、揃いも揃ってふとっちょな中年女たちが、往来をふさいで井戸端会議をやっていた。

小禽屋があって、籠のなかのたくさんな小禽が鳴き立てて、それがいっしょになって、スレート盤をするような音になって耳をこすった。それを制圧するように殊更大きな白い鸚鵡がけたたましい叫び声をあげていた。そのあたりは、原住民がごちゃごちゃと住んでいたが、日本人は「ジャワ人の街」と言っていた。一日に一度驟雨が来て洗い流すので、アスファルトの通りにはきたないものは、なに一つなかった。大通りは、インド人労働者のベッドになるので、神の摂理か、仏の慈悲かわからないがよろしく按配できているものだ。

小禽屋の角を、シャオについて曲ろうとすると、僕の白服のズボンがなにかに引っかかった。みると、檻のなかから手を出した小猿がつかんでいるのだ。小さな掌をつかんで引きはなそうとすると、その腕をもう一方の手がひっつかんだ。その手のうち側は、人間の掌とおなじで、うす桃いろでしなやかなうえに、人間とおなじ手の筋が刻まれていた。

先をあるいていたシャオが気付いて戻ってくると、なにも言わず、丁度、吸いつくして捨てようとしていたらしいチビ煙草の火を小猿の両方の手にくっつけた。ちい、という声をあげて猿は手を離した。シャオは、檻のすみに小さくなっている猿の鼻のところにくっつけて煙草の火をこすりつけて消そうとしたが、それは成功しなかった。猿が叫びながら狭い檻を逃げ廻るので、店の者（それもジャワ人かマライ人）が出てきて、シャオに文句をつけた。シャオも負けてはいなかった。

「この猿は、牡《おす》か牝《めす》か」とまずきいて、「牝だ」と、店の者が答えると、「このいかがわしい露路の角で、きさまの店では、猿に嫖客ひきをさせるのか」と毒づいた。シャオが洋服を着てネクタイをしているので、店の者は口のうらでぶつぶつ言いながら引込んでしまった。

シャオに案内された長屋町は、低いバラック建てで、外から家内を見通しながらあける小屋のようなもので、それでも屋根だけは板でうちつけてある。驟雨などがやってくると、雨水だけの災難ではなく、泥水が低い方へ流れてきて、坐っている場所もなくなるのではないかと想像される。日本でも、藤原時代の庶民の住まいは、むかし読んだ本の記憶だからたしかではないが、おなじようなものであったろうとおもわれる。五、六軒目ぐらいゆくとシャオの言うシャムの娼婦の住居につづいている。シャオは、ペッペッと、気になるくらい唾を吐きちらしながらあるいてゆく。それが気になるので、

「どうしたのだ？」

と僕がたずねると、彼は、

「旦那さん。よく平気でいますね。このいやな臭気が……」

と言う。

「何？　そんなにくさいのか」

僕も小鼻をひくひくやって、

「なに。そんなでもあるまい。もっとも僕は、肥厚性鼻炎で、あまりもののにおいはしない方だが……」

「肥厚性鼻炎？……」

彼は、

「きいたことがありませんが、どういう病気でしょうか」

「それは、文明人のかかる病気さ」

さすがのシャオも、むっとした容子である。

「君の唾とおなじことだよ」

僕は対決するように居直った。彼の唾がいかにも不潔で、この部落の住民たちとじぶんとは人種がちがうと言いたげなシャオが、僕の心のうちで、奇妙に腹立たしくなって来たので、彼が傷つきそうなことをさがしてつけつけと口に出した。

そうは言ったものの、それは何とも言えない猛烈な臭気がそのへんにはただようていた。それは、そこにいる人たちの体臭と、生活《くらし》から放散する臭気で、熱気に蒸れたその臭気は野生の狸や、それに類する小動物の塒《ねぐら》から発するような異様なものであって、その生物どもにとっては、なつかしい同類同族のにおいに外ならない。中国人の臭気、マライ人の臭気、フランス人やイタリー人の臭気、じぶんにはそんな環境の臭気など身につけていないつもりの人たちにとっても、それは、排泄物《はいせつぶつ》の悪臭よりも激しく、人種のちがった人たちには、それ一つで鑑別《みわけ》できるものである。だが、そこらの空気にまじって淀んでいる熱っぽい大気は、なまやさしいものではない。嘔吐《はきけ》をもよおさせると言うよりも、生きているのがいやになるようなにおいである。頭脳の半分が、すでに饐《す》えくされて、青黴のはえた柑橘になったような収拾のつかなさであった。そしてそんな板小舎の奥を紫ずんだ闇のなかに目当《めあて》のシャムからの出稼ぎ女が、女のからだとしては小女ながら、狭い空間なので、いっぱいにのさばり返って、じだらくに寝そべっているのが、ようやくくらさに馴れた僕の眼に浮きあがってきた。マライ、ジャワのずんぐりした、乳房ばかり大きくぶらぶらさせた女からみると、顔立ちも垢ぬけがしていて、いなか芸者とおさんどんぐらいなちがいがあった。シャオが寄ってゆくと、そのうちの一人が、ぶしょうたらしくからだを起して、入口のあかるいほうへ寄ってきた。

「ここへあがれというのか？」

ことばではなく、そぶりでわかるように彼にたずねると、

「それ、どうとも旦那の自由よ。ここで一発試してからでもいい。旦那の家《うち》へ引きとって月極め金をやってもいい。シャム女上等よ。日本の旦那はやさしくて、気前がいいから大好きだと言っているよ」

シャオは、しきりに水をむけるが、まさか居候の先へシャム女をつれて帰るわけにはゆかない。

「シャム女は、バブー（下婢）のように洗濯も、食事も、なにもかもしてくれる働きものとはゆかないが、その代り抱き枕の代用にして、昼も、夜もからみついてることでは、世界一だよ」

「そんなことができるものか。レースコース通りの旦那は、新聞の親方だ。ポリスも友達だから、そんなこと知れると、お前も、女も、ついでに俺も、シンガポールからは、

まず、放逐だな」

「こわい。こわい。この頃のシンガポールはあんまりいいところではなくなった。きびしいことばかり言っておきながら、役人たちは、たいていシャム女の妾をあっちこっちに囲っている。言うことだけ立派で、することはその正反対だよ。ポリスだって、小銭のチップをやれば、大抵のことは見のがす」

「それならお前さんには、至極住みやすいところじゃないか。シャオ君のパラダイスというところだ」

シャオは、手をふって否定のしぐさをした。

「旦那はおもいちがいをしている。わたしは一度だって、人を苦しめたり、嫌がることはしたことがない。それは、現に旦那が知っているじゃないか。旦那によろこんでもらうために現に、こうして手間暇をつかって努力しているではないか。旦那が是非にも欲しいと言えば、可愛い女房だってさしあげるつもりだ。世のなかに、こんな善人がありはしない」

「そうか。お前さんは、女房持ちかい」

「いいや。いまはまだいないが、もし、いたとしての話ですよ」

僕は、チッと舌打ちをして、言った。

「このいい加減野郎奴」

「話をはじめにもどしましょうよ。この女を旦那、いったいどうするのか決めてちょうだいよ。でも日はながい。急《せ》かせているわけではないから、ゆっくりみて考えなさいよ。わたしは、露路の外で、アエ・バト（氷水）を買ってくる。ピーサン・ゴリ（バナナの天ぷら）がいいか。まあ、家のなかへ入ってこのねえさんのあっちこっちをよくしらべて。あとで苦情のでないようにね。それから、わたしが善人であること、忘れないで」

シャム女がなにかぼそぼそと言った。

「それ、ごらんなさい。この娘が、旦那を好いたらしいと言っていますよ。おなじ仏教国同士だから、仏さまの引きあわせですってよ」

シャオはいろいろの国の片言をちゃんぽんにまぜて、それでもなんとかあいてにわからせることのコツを心得ていた。かってなことをしゃべって彼は外へ出ていった。シャム女の誘う手ぶりはしなやかで、よく反《そ》る指先には、おどりの手ぶりのような風情があった。狭い、それも外から見通しのような部屋に入ると、内のほうが外よりも蒸れて暑かった。床板のうえに僕が足を投出すと、女は紗のような、染もようの色彩の濃いきものの腕を押しつけて寄添ってきたが、ことばの全く通じない二人は、そのままじっとして、そのあいだを所在ない時間が経ってゆくばかりであった。それでも彼女は、イギリス人の官吏の妾でもしていたとみえて、おもいもかけない唐突な英語の単語を時々、口走った。しかし、中学校を出てから、早稲田、慶応の予科で四年近く英文科に籍を置きながら、実用的な会話となるとからしき役に立たない、元来、語学畑でない僕は、そんなもどかしいおもいをしてまで、わからせねばならない用事もないので黙っていた。そして、膝の上に上半身を寝そべらせてくる女をそっと抱き止めて、膝掛けのような薄綿のふとんのうえに横にして、それを眺めていた。どこまで行ったのか、ピーサン・ゴリを買ってくる筈のシャオはなかなかかえって来なかった。事によると、ふたりがなんとかできる機会をつくつて、小癪にも、席を外したつもりかも知れなかった。

板屋根のうえに陽が照りつけ、すきまを洩れてさしこむ光が縦横から交叉して、捕えられた青白い微塵《みじん》が沸立っていた。うすぐらい部屋のなかで彼女は、行儀わるく足を投げだし、上半身は丸く背を曲げ、捩じくれたエクサントリックなかっこうをして、ねそべっていた。どうやら、そのなかに、仏教家が結ぶ印と相通ずる呪術的な意味でもありそうにおもわれた。

僕はすこし距離を置いて、表の半扉の柱に靠《もた》れてそれを眺めていた。熱気でむれたうす闇のなかに、暗紫色の一脈のひいやりした気流のようなものがながれていた。紫いろも、冷たい気流も、いつか、どこかで味ったもので、はじめての経験ではなかった。暗黒のもやもやのなかをみつめて僕は、どこで、どういうときに味ったものか、それをおもいだす手がかりをさがしていた。おもいだすには、相当な時間がかかったが、焰のあおりのように閃いて遠い記憶はかたちになった。ヨーロッパに彼女を見送ってから、ひとりでスマトラにわたったときのことだからもう二、三年前のこととなる。上陸したのは北海岸の港メダンであった。たよっていって二、三日逗留したのは、もとは日本から稼ぎにゆく天草島原の女たちを売買する女衒《ぜげん》の親方の家だった。日本女をあつかうことは止めていたが、そのときはまだインドネシア生れを主として、土地のくずれた女たちにしょうばいをさせていた。嫖客は、土地の若い衆たちだったが、彼らが、身なりを小綺麗にして、店先で妓となにを話すのかなが話をしているさま、妓たち四、五人が中庭のふちの、きれいな蘭の鉢のさがった縁先で股をひらき、性病の発疹部にくすりを塗りあっているのを、二階からのぞいていたことなどは、すでに話したこととおもう。そのときの女たちと、いまここにいるシャム女とは、同様に、似たような体臭があって、その一すじのつながりがスマトラの記憶をたぐりよせたというわけであった。その記憶は船荷として積出すために、ふとい丸太で頑丈につくった檻のなかいっぱいにとぐろを巻いた、山からおろしてきたばかりのうわばみであった。檻のなかに鶏をつなぎ、それをおとりにして、大蛇が入って鶏をのみ、習性として餌物が消化するまでうごかない蛇を、檻の入口の戸をおろして、かつぎおろしてきたものだった。おそらくそれは、どこかの国の動物園にでもうりわたすか、牙を抜き、骨ぬきにして、ジプシーに売られ、蛇つかいの女のからだに巻いておもちゃにされ、ヨーロッパの各地をめぐりあるくことになるのだろう。しかし、その時はまだ、野生の妖雰をあたりにみなぎらせ、黒ずんだからだの底から、マグネシウムを灼熱させるときのような燐光を放っていた。紋様の派手な錦蛇とちがって、もっとなまぐさい、硫酸を帯びたような強烈な紫気を吐きだすこのかたまりは、みすえていると、いろいろに変化するのであった。異様の臭気は、その変化とともに、浮動してあたりを浸蝕してゆくようにおもわれた。いまシャム女のとぐろを巻いている身辺からも似たような毒物のにおいが送りだされ、〝これではならない〟とおもいながら、呪縛にかかって身うごきがならない状態となった。もし、そのとき、シャオが、アエ・バトのコップを二つもってかえって来なかったら、あとじさりをするのもやっとで小舎から逃げだしていたかもしれない。

「氷屋がいつものところに居やがらないのでさがしてあるいていておそくなりました。もうぬるま湯になったかもしれませんが」

シャオのなかにある実直さが、しきりに言訳をして、僕と女にコップをわたした。アエ・バトはまだ暑さを医《いや》すに足りた。近くで、オチャホイの呼声がした。オチャホイは、支那人の呼びうりの声で、平打うどんを、麻油《ごまあぶら》と唐辛子で炒《いた》めたもので、舌のちぎれるほどの辛さが、暑気払いに快《こころよ》かった。銀貨一枚出すと、女がじぶんで買いに行った。その時、出てゆく女をみると、微塵も妖しい影などなく、むしろ支那女や日本女の、それも整ったほうの顔立ちの女にちかく、頰には、愛敬笑窪《えくぼ》さえあり、からだつきは、シャオが推賞する通り、すんなりと均整がとれていて、すこしのいやしいところもなかった。熱帯人のずずぐろい肌を引立ててみせる化粧をしているらしいと僕が気づいた程、女は、じぶんの魅力を活かす工夫をしている容子である。

「旦那、どっちか決心がつきましたか。いよいよ三人で、シャムのいなかへいって、一生のんびりとくらしましょうか」

「どうして、お前さんまでついてくるのだ」

シャオは、ちょっとまぶしそうな顔つきをしたが、

「わたし、便利ですよ。旦那は、わたしをわるい人間だおもっているかもしれないが、わたしは、爪の先ほどもわるいことをしたことはないし、嘘一つついたこともない。そうでしょう。あの女、旦那の気に入ること、わかっていたのよ。シャムの女のなかでも、わたしは、これまでみない別嬪だと言ったでしょう。うそではないでしょう。うそを言えば、死んだあと、地獄で鬼に睾丸を、支那人のつくる餅子《ピンズ》のように扁平《へんぺい》に杵《きね》で突きつ

ぶされるからね」

「俺はいま、シンガポールからうごけない。わかっている、わかっている、お前さんみたいなオネストな人間はあったことがないよ、成程、あの女は満更ではない。でも、俺には金もなければ、暇もない。一日もはやく日本へ帰らねばならない用がある。一体、あの女はいくらほしいと言うのだ。もちろん、お前さんは、俺と女の両方からマージンが欲しいのだろうが、それもコミで、いくらほしいというのだ」

「旦那さんは、話がわかる。女の言い値は週五十弗《ドル》です。他に、旦那さんから十弗もらう。これは掛値のないところで、旦那さんの言う通り、女からも十弗もらう。よい部屋も私がみつける。それで三方が円満にいって、わたしは常々欲しかったギターが手に入るし、からだに栄養分もつけられる……」

「冗談ではない。週五十弗だと一ヶ月二百弗、それにお前さんに十弗、部屋を借りればそれが二十弗とみて、かれこれ二百五十弗はかかる。そんなことがいまの俺に出来るものなら、人の家に居候なんかしているものか」

「旦那さん。旦那さん。待ってちょうだい。それは言い値だ。旦那さんの方から値切ればいいじゃないか。部屋を借りるが厄介なら、旦那さんが、この部屋へ来れば簡単じゃないか。週五十弗は、旦那さんが毎日泊って、女が奥さんをすることになる、その値段だよ」

「お前さんは、女がただでもいいと言ったから、俺は、こんなひどいところへついて来たわけだよ。忘れたのかい」

シャオと押問答になった。

「旦那さん。旦那さん。それもわたしがでたらめを言っているのではないよ。女は、旦那さんとなら結婚していいと言っているよ」

「結婚？　それは、どういうことだ？」

「きまっているじゃないか。耶蘇坊主の前で約束するのさ」

「だって、俺はもう結婚して、日本には子供が待ってるんだよ」

「それは、日本人の奥さん。ここではシンガポールの奥さん。たくさん子供をつくることを、支那人は福人と言って尊敬するよ」

「こいつ。いい加減にしろ」

僕はおもわず声をあらげた。気色ばんでみはしたものの、ふれれば、胸部ばかりではなく、腰や背なか、腹の底まで張りわたされている神経線が、同時にビ、、、ビリビリといたんだ。五十弗はおろか、いまでは五弗の金もないという、絶体絶命の現状と正面むきあうことのつらさ故であった。現在の不如意のもとをたぐってゆくと、それはシャオの出現である。

　暴力にはなんの自信もないということにしてはいるものの、シャオのような苧殻《おがら》のような男をへし折ることは手間隙《てまひま》いらないとおもうが、そうすれば、失った金が戻ってくるものではない。それに原因はみな、僕の欲情のからんだへんな好奇心にあるのだ。慧可という禅僧が、じぶんの片腕を切って師の前にささげ、道心の固さを示したという話があるが、その真相は、玉柄《ぎょくへい》をちょん切ってみせたのではなかったのかとおもう。そのほうが、両腕を切って並べてみせるよりも、話が合うし、マゾヒストの師の坊も肚《はら》にこたえるのではあるまいか。閑話休題、その時シャオは、狆《ちん》ころのように僕にすり寄って、

「手っとりばやく決めましょうよ。彼女が戻って来ないうちにさ」

と急《せ》きたてた。僕が猶むっつりしていると、

「支那商人《オラン・チナ》並みにまけて、女に月十弗、わたしはなにも要らない。そのかわり、旦那が毎日、ここへ通ってくる。それなら、もうなにも言うことはないだろう」

　わたしはなにもいらない、という、そんなサービスのほうが、よっぽど底気味わるい。一足二足、僕はあと退《しさ》った。彼がいま、なにを企み直しているものか。金銭のためにいつもふり廻されて、味気ない目ばかりみるような偏頗な時代のシステムに、日々むしゃ

くしゃしつづけてきた怨恨がいつも消えたことのないことでは、僕も、シャオに別に変ったことのない同類感がある筈なのに、紛争はかえって近いもの同士の方がきびしいもののようだ。金持ならば取るにも足りない小銭のとりあいの方が、命を賭けての相剋となるのはよくありがちなことである。そして、いまの場合でも、秘術をつくして金を巻きあげようとかかっているシャオは、悪銭に類する金を少しずつ貯めて、相当な蓄財をしているかもしれない。そして、情ないこの旦那は、十日先を待たないで、無一物の境涯になるのがわかっている。現在の持金は、荷物船に乗り込んでも足りないはした金である。現実の場合、シャムの女を囲うなどということは、考えられた仕儀ではない。ぼんびきになんとすすめられたにしろ、みすみす駄目とわかっていながら、この男のあとからのこのこくっついて、こんなところまでやって来てしまった。これは、いったいどういうことだろう。弱気ということも考えられる。でも、それだけでは言尽せない。ゆき当りばったりの浮浪人気質の方が説明になるかもしれない。そして、八方に迷惑をかけて、ひどいなりゆきになるかもしれないのに、本人は、あまり気に止めていない。それは、あいてを無視して、下目に置いて、怒鳴りつけて追払えばすむという上国人意識が底にあるからで、領事館員をはじめ在留の邦人の誰をつれてきても、ことの白黒がはっきりわかっている際でも、始めからシャオの申し条など、きいていはしない、僕の狡《ずる》い根性が、それを見越してやっていることなのである。可愛そうなシャオは、また、他にいろいろ弱い尻があるので、警察や、役人がかった方面人に近づくのを病的に怖れ、例えじぶんに利のある場合でも、横っ飛びに逃げてしまう。日頃、人種差別で、逆遇されている植民地を庇《かば》い、体裁のいい顔をみせている白人と白人の文化を批難している僕という人間が、表向彼らに平等感を抱いていると見せながら心底では、人並以下にしかあつかおうとしない。そればかりか、僕のコンパトリオットは、それで当然と言わんばかり、疑念をもつことがないのは、人間とはよくよく性のわるい動物である。そんなことを考えていたので、返事を待っているシャオのことを忘れて黙っているうちに、オチャホイを西洋皿にのせたシャムの女がかえってきた。

女は立居に余情があり、ながく傍らにいるほどいとおしさが益してゆきそうであった。彼女は、買ってきたオチャホイを小皿三枚に盛りわけた。僕は、すすめられるがままに、そえてある不似合いな大きなフォークですくってそれを唇にもってゆくと、下唇のうすい皮膚が、ぴくぴくと痙攣《けいれん》した。唐辛子といっしょにカレーも、胡椒も多量にいれてあるらしかった。彼女の紫がかった腥さも、異様な体臭もいまは馴れて、さほどまでには感じなくなったが、ながい内股や、上着の上から三つ目の釦《ボタン》のとれたすきまからみえるどこか煤けたような白い肌には、うすい静脈が走っていた。あしのうらのしろさと皺の加減も、おもての店の角で出会った小猿のそれのように、繊細でいたいたしかった。シャオは、舌で一なめしただけで、拭ったように小皿を空にした。僕は、いままでに感じたことのなかったような負数の欲情で、蠅でも止まるように、彼女の痩型のからだのあっちこっち見て廻った。つまり、欲情に正比例して、その欲情を引止める嫌悪の情を掻立てるのであった。そんな時、上海の糞碼頭の女や、パリのオテル・ドゥ・ビル広場の横通りの赤豕《ぶた》のような女が、彼女に重なるのである。人間の汚れやふきでものなどを、あんまりたくさん見すぎることは不倖せのもとだ。

「旦那、ここにのこりますか。それなら、わたしは退散します。いずれ、とりきめはあととして……」

しびれを切らしてシャオは、立去りそうな気振《けぶ》りをした。

あわてて僕も立ちあがって、くぐりを外へ出そうにした。シャオは僕を押し戻して、さっさと通りへ出ていったがそのうしろ姿を茫然と見送りながら、僕は、

「こいつは厄介なことになるぞ」

とおもった。眼先が瞬間くらくらとなって、数字の8を横にした線の上を、逃げ道をさがして出口がみつからず、この眼がいつまでも追っているのであった。

口火は誰が

　じぶんでもおもいがけない素早さで、僕は、シンガポールから抜出し、この度は、船の上で飲まず、食わずという失態がないように、パンや、バナナや、ソシソンまで買って印度通いのイギリス船のデッキに乗込んだ。虫に咬まれた時のくすりも忘れずに買いこんだ。まずピナン、それから都合がよければ、ビルマまでゆくつもりであった。旅立つという気分はいつでも快適なものである。魔女シルセから逃れるためと、潮風にあたると人は、うかれ調子になるものだ。越南《ベトナム》（その頃はまだ安南と称んで、仏領印度支那であった）のハノイのクラッシャン（こまかい霧雨）のようなものに一面蔽われた海は、めずらしく、スレートいろに曇っていた。デッキのうえは、おおかた印度人労働者ですきまもなかったが、そだを積んだような彼らの裸の一ところ隅の方に、小ざっぱりと白服を着た支那人がかたまっていて、そのなかに器用な横笛をふいているものがいた。

　シャムの女も、シャオもふりすてて旅にふみ切ったのは、そぶりにもみせなかったが、彼女がシャオの細君だと、他のぽんびきが告口したので、面倒を避けるためであった。不愉快なことは、おおかた真実である。だが万一僕が、あの女のところへ毎日通いつめるようなことにでもなったら、そのあいだ彼はどこへ泊ってあるくのだろう。こんどの旅はなんとなく、もっといやな結果になりそうな予感がしてならなかった。第一、この椰子油のにおいと、肌のこすれあうヒンズーのいきれは、我慢のならないものであった。しかし、おもしろい収穫がないでもなかった。

それは、ヒンズー同士の裸の化粧で、彼らは少しのうぶ毛も全身にのこさないように、突っ伏したり、高く腕をふりあげたり、怖ろしく不安定な、奇妙な姿勢のできる限りをつくして、友達に剃ってもらっていた。シンガポールのスラングーン通り（桜ホテルからはじまる大通り）の、往来にむかって、床屋が一軒あって、おなじ妙ちくりんな姿態を道ゆく人にみせていたが、この船のうえでは、そのうえに、エナメルのようになったからだに、油や香料を塗る場面、油でこまかい筋肉までうきあがって伊達《だて》姿の額に、最後の仕上げは、牛糞を焼いた白い灰を塗るところまで、つぶさにながめることができた。が、さて、この旅の目的は、それは、外見にはおもいもよらない、五本一束にしたダイナマイトを僕は腹に巻きつけているおもいであったが、その口火は誰がつけるのか。あるいは、それは、ダイナマイトに似せて、紙で巻いた砂にすぎないのか。口火はしめっているか。

マラッカのジャラン・ジャラン

そもそも、この型破れな旅をおもいつき、おもいついたからには、終りまでともかく押し通さねばすまないという因果な執念を抱いた僕と、それにひきずられて、踏止りをしらぬ森とふたりがゆきあたりばったりに、あらかじめゆく先々の路程の知識もなく、どんなひどいなりゆきが待っているという不安をも心に留めないことにして、さまざまな異風やがまんのならぬ習俗にも眼をとざすこともせず、先へ先へと足を伸ばし、いく年かの終りの青春をすりへらしながら、別々になったり、くっついたり、ともかく、いまはかえりの行路にさしかかり、故国の港もあと二週間で眼先にのぞむところまで近づいてきた。但し、それは魁としてまず僕一人という、一見身のうごきも気らくにみえるが、欧州にまだのこっている彼女を招ぶという責任があることだから、のほうずというわけにもゆかない。ただし旅のはじめというより、そもそも二人がかかわりができるはじまりから、この二人の終の配偶として通し、所謂《いわゆる》かわらぬ生涯を添い通すなどということは、あまり重大には考えていなかったし、愛情が変らぬものというしるしに、からだをゆるしあうという今日の男女のような正道な考えはみじんももたず、倦きるときまで、一方にもっと目ぼしいあいてがみつかるまでの暫定的な契約を条件のうえで一緒にくらすようになったものだ。もちろん、良家や、身分のよい人や社会の顔のある紳士淑女の結婚は、そんなものではなく、女の方に別な男ができた場合は、おぼつかない理由で、子供を堕胎した場合とおなじく一方の訴訟で法律上の制裁を下され、実刑をうけなければならないし、当事者の出世の瑕にもなる、おもいのままにならない不自由な世間であった。

しかし、それは、身分によってのちがいというよりも、別分に言い立てる程の社会的身分があるものに限られたわけでなくても、双方いずれかの友人に対する面子とか、つまらぬ見得のために、妙に頑固になって主張してみたり、未練や嫉妬の意趣ばらしのためになかなかひきさがらない人間の説得に却って内心根《こん》を疲れさせるまわりの者もあり、その逆に、おだやかに話がつきそうになるのに、つつきまわして大事にしたがるおせっかいの困り者も多かった。僕らが住んでいた大正末頃のモラルは、明治の末までのこっていた封建思想への反動で、結婚も親の命令であてがわれたあいてなどはふるくさく、自由恋愛がはなやかにおもわれ、既婚の女の密通事件なども、新旧両面から賛否とりどりという時代であった。僕らの海外逃避も、多分に周囲のわずらわしさが、表面は強がっても、真底の弱々しい根性が原因であったようだ。外部の人達が、じぶんたちの思い通りに僕がうごかないことに就いての焦燥をじかに受けるのに耐えられなかったための処置のようでもある。所謂、「風を入れる」ということにほかならなかったらしい。ただし、そうした発想は、海外慣れのしていない当時の人たちは、汰外なことと感じ、なんでもないそのなりゆきに目を見はったことも事実であった。

シンガポールからマラッカ行の支那船に乗りこんで、ビルマへ抜けようと志した気持は、これまでの旅でも一度も味ったことのない、あてのないものであった。むろん、その旅で成績をあげる目あてもなかったし、金――それも、当時の海外雄飛の気持にあおられて、僻地に流れついて、できるだけ早く現金を手にして故郷へ錦をかざりたい一心であくせくしている日本人から、零細なその持金から不要なものを押しつけられて、若干にせよ、けずり取られることと知って、渋面つくり、なんと言って断ろうかと当惑する人たちの顔を眼前に、はじめから承知しながら押し切らねばならない心と心の擦れあう小石まじりのざらざらした気持を忍耐しなければならないことは、最初から戦意阻喪を無理にもじぶんで引立ててかからねばならない難儀な仕儀であった。マラッカの街は、日本人の数はきわめて少く、跳梁していた頃の痕跡も残っていなかったが、わずかな雑貨店や、部屋貸しなどをして、さしたる先の見込みもないこの場所にかさぶたのようにへばりついている連中もいるにはいた。先年、ヨーロッパへの往路にも宿をとった日本の老婆がやっている部屋貸しをすぐ見つけだした。ごちゃごちゃした支那街のまんなかで、軒廊《カキ・ルマ》の柱に、虎の走っている商標のビラが貼ってあるのも昔通りなので、手間もかからずさがし出すことができたのである。女主人は、どこか、内臓の病気でもあるのか、青痣《あおあざ》のような不健康な顔いろをしていたが、僕の顔を忘れずにいて、

「まあ、まあ、フランスへは往んで来られましたか。御無事でおめでたい。奥さんには会われましたか。おかえりは、眼の青い別の奥さんをつれてかと、噂をしておりましたに」

と、連れ衆はいっしょでないのかと、僕のうしろの、表のほうをのぞいたりした。

「奥さんとはぶじに会ったが、かえりは僕が一足先でね。部屋はどんなところでもいい。空いているところがあったら二晩か三晩なんとかして下さい。おばさんも無事な顔をみて、安心した」

女主人は、僕が提げているファイバーの鞄を引ったくって、

「ちょうど二つもあいている。昨日だったら、それもふさがっていたけど」

と狭い階段を二階にあがっていった。手狭な部屋だったが、僕にはそれで充分すぎた。支那寝台とテーブル、それに机《テーブル》の上に、唐子《からこ》のような天使が花の雲といっしょに翔《と》んでいる絵を刷った瀬戸引きの洗面器が一個と、おなじ瀬戸引きの大きな水さしが乗って

いた。僕はまず、その洗面器に水をさして、顔と手の汗ほこりを洗った。

「旦那さんは、容子がよかばい。青眼玉がちやほやして、奥さんと痴話喧嘩ばかししとるのじゃろうと、噂ば毎日しとったが、フランスまできこえませんでしたか。なにせい海山はなれすぎとるもんな」

女主人は、この南洋で、何商売をしていたか、口先だけは達者である。

「僕はまた、おばさんが、どこの世界へふけとんだか、多分お目にはかかれないものとおもって、あてにはせずに来たものだよ」

と、口重《くちおも》な僕も、釣込まれて、冗談を言った。

紅茶と、くだものを盛った鉢をとりにおりて戻ってきた女主人は、それを卓においてから窗《まど》をあけ、ベッドの蚊帳《かや》のなかの蚊を追いはらって、寝台をなおした。窗から入ってくる眺望《ながめ》は、丁度、マーケットのうしろ側で、商人の呼び声や、支那人の胡弓の音などで、やかましいほどのにぎやかさだったが、決してそれはうるさくはなく、音楽をきいているようにメロディアスで快適でさえあった。そのせいか、睡気がさそいだされて、洋服の上着もぬがず、ベッドの上に仰むけにねそべってまぶたを閉じた。眼がさめたときは、まだ幾時もたたなかったとみえて、陽ざしもあまりうつろうてはいなかった。鉢のなかのマンゴスチンを一つ手にとった。ヨーロッパのどこのくにでも、ましてや、日本へかえってしまっては味うことのできない良質のシャンペンのような甘美な果肉を味うことのできる期待をまずたのしんでいた。なんの気まぐれからか、女主人にたのんで、マライ人の街娼を何人かつれてきて、ベッドの前に並ばせたことがあった。女たちの体臭で部屋のなかは、たちまち、キャモンベール製造所のわきの蒸れた叢《くさむら》のなかを通るときのような、顔じゅうに熱病の瘡《かさ》がふき出したような、我慢のならない苦しさであった。しかし、そのあとになって、男と女の交媾《まじわり》の究極は、あの発酵のむこうにあえて踏みこんでいって体得するよりしかたのないものかもしれないと考えるようになっていたので、もう一度女主人を口説いてみようかと考えてみた。だがいまの好奇心の残滓は、いかにもわれながら痩せ枯れてみえたので、それを追払うために、それとはまったく縁のない別なことのほうへ中心をふりかえようとしてさがすのであったが、どう方向をねじ曲げてみても、しなった竹がもとに戻るように、そのことのほうに跳ね返るばかりであった。

旅の汗ほこりに汚れた上着をもって廊下に出ると、女主人が、雑巾の柄をもって壁にもたれ休息していた。この女も若いときはこんな辺地にうられてきて、どうやらパトロンをつかんでこうして生きながらえてきた仕合せ組の一人であった。「この上着を洗っておいてくださいよ」とよごれものを渡し、シャツとズボンで肥えた尻を、戸を押すように押して道をひらいて表に出た。

　女主人は、送り出しながら表までついて来て、

「ジャラン・ジャラン（散歩）ですか」

　とたずねた。

「オラン支那《チナ》のよか娘をつれてかえって来るからね」

　と言いすてててあるきだすと、うしろで彼女の大声でわらうのがきこえた。おそらく男の客へのおあいそうのつもりで言うのにちがいないもっと露骨な色ばなしをこんな老女からきくとき、僕はどんな言葉であいてになっていいのか、いつもまごつくのであった。ほかの人たちより生来未熟で、大人になっても子供気が抜けないということか、それとも酒をのまない人間のふっきれなさかともおもうのであった。マラッカの街は、格別奇もない支那人とその建物のごたごたしている貿易港で、マラッカ王国が南海に覇をとなえていた頃の俤《おもかげ》などは、どこにものこっていなかった。十六世紀頃、ポルトガルの商業的、軍事的の東洋の拠点であったので、赤い煉瓦のキリスト教寺院や、城壁のあとがのこっているくらいのものだ。しかし、高い城壁にあがって肉の厚い竜舌蘭の植込み越しに眺める海のながめは、一概にすてがたく、海が浅く、岸壁がないので大船は立寄ることができず、たいていの汽船は沖がかりで、ぱらぱらとふりまかれたようにちらばっ

ている。それがみな帆檣船であったら、古い銅版画のようで数等風情があるかもしれない。逆に沖の船のらんかんから眺めた港町は、城壁ののこっている小山の麓にかきあつめられた赤っちゃけたがらくたのようにしかみえない。わずかに海風の爽やかさが、鱶のたくさん居そうな海上を吹きわたってきて、赤道に近いそのへんの熱気を箒ではくように払っている。そして街なかは支那風なごった返しで、際限もなく人間と招牌《かんばん》であふれた裏町横丁がつづき、雑閙《ざっとう》のあいだをくぐって胸の赤い燕が飛び交うている。広東、福建あたりの華僑と、マライ、ジャワ、スマトラあたりの土着の民、それにひょろながいヒンズーなど、汗ばんだ臭気がまじりあい、それが異様な脂汗の肩や腕をこすりあいながら往来している。そのあいだをまた容赦もなく、ながい梶棒を突込み、掻きわけながら洋車《ヤンチャー》が走っている。警笛をならして、強引に自動車を走らせているのは、土地のえらがたか、ヨーロッパ人のあから顔のごうまんな旅行者たち、狐の面《めん》のように、眼尻の釣りあがった、奸計《たくらみ》ぶかそうな、日本の旦那衆であった。ポルトガルを皮切りに、オランダ、イギリスと代変りしても、手口は大きくなってゆくばかり。そもそも主人顔をしている支那人が、土地家屋を優先して、原住民は、居るに所なく、住むに家がないというありさまである。原住民やヒンズーの労働者たちは、冷えた夜のアスファルトのうえに、裸身をじかに夜をあかす。経済上のまちの主権をにぎっている華僑は、その頃はまだ地方地方に割拠していた支那の軍閥政府の財源としていつもねらわれていたが、彼らの富は、おおかた彼ら華僑が三百年累代の商人が原住民から搾取したものであった。

華僑の家は喧噪で目まぐるしいが、その中心は彼らの繁殖力の大きさと、それによる数の絶対的優位である。朝鮮戦争のとき、全滅したとおもって安心していると、死んだ死者とおなじ量の第二段の兵数が屍のしたから立ちあがってくるということが、アメリカ兵に怖気をふるわせたことは、神秘としかおもえなかったのである。人間の単価は酢幾瓦、油何百匁、石炭いくらと換算すれば何程のものでもあるまい。しかし、それらの物質を調合して人間一人をつくりあげるとなると、万能の神もしろしめさないことで、ただ、男、女の生殖器だけが関知することのようである。人間に都合よくつくってもらった神は、そのとき無能を発揮する。神には蟻一匹新しくつくりだす力はないと言えば、支持者たちは、生き物は直接つくれないが、種と、それを発展させる陰陽を考案したのは神のはからいだと言うかもしれない。ともかく今日地上に氾濫している人間をつくったものは、神ではなく人間じしんである。そして人間が絶滅しようとして神に拝跪するのは、筋ちがいで、その酷薄な人間から身をまもるのは人間の知恵をおいて他にはなにもないことを誰も知っていなければならない。原住民、被征服民たちの目を蔽うばかりの悲劇は、じぶんたちの神におもねり、人間の怖ろしさに気付かなかったむくいである。

とびひのように、しらくものように地上に蔓延して、その破滅を用意しているようにしかおもえない人間の種は、無為無策な人種をまず餌食にして、彼らが明日へ生きのびるためにつかんでいるくだものの種子を、死骸の硬直した指の一本一本をピシピシと折りひらかせ、うばいとってから、生きるに不適なものとしてこの世界から抹殺してきたのであった。これがつまり、西洋人のいう〝父なる神〟のいつわりのない正体であって、神の信奉者だけに一人占めさせようという天国なのである。

しかし、奴隷化された植民地の男、女たちには、奉仕力となった永遠に労苦だけを押しつけることができるかぎり、かぎりなく交尾して、殺して惜しげのない凡俗の数の多いほど都合のいいという下心だ。休むひまもなく酷使がつづいて、考えるいとまもなく愚民となりはてたこの土地の民にも、花と咲く時期が一度あった。結果は敗亡とわかっていても、西スマトラのアチェ族が、投槍と大盾で上陸するオランダ人の銃砲に立ちむかって戦ったときであり、さらに第二次大戦のあとで、インドネシアをはじめ東南アジアや、アフリカの住民が、数多くの独立国を建設して、風通しよくなったとおもわれたあの時である。

だが、僕がマラッカを彷徨《さまよ》っていた頃は、誰一人としてそんなことを考えるものがいなかった。

マラッカ王国が近隣の諸国を圧していたのは、遠いむかし話だ。今日は彼とヨーロッパの関係は、むごい主人と、頭のにぶい召使いというところ。支那は易姓革命のたびに、荒服の地に対する政策は一様ではなく、安南都護府が築かれた後漢の世を頂点として次第に消極的となり、ジャワのマタラム王国を攻略しようとして忽必烈《フビライ》が敗北して以来、威信を墜し、その後は過剰な人口の出稼ぎ場所となり、ただ雑草のように生いしげり、虱のように原住民の血を吸って、主人顔に肥えふとっている。第一次世界大戦の終了とともに錫山や、ゴム相場が暴落をつづけはじめてから今日まで、日本人には、なんの既得権も蓄積もなく、わずかなものを居喰いしながら、洗いざらしたよれよれな古浴衣一枚で、群衆のあいだをこそこそとすりぬけ、地獄宿をしたり、荷物船の船乗りあいてのばくち宿をしたりして、辛うじて生きているものが多い。胡椒《こしょう》、錫山、ゴム植林など、眼の先で消えていった夢は、まだ多く、彼らの眼先にのこっていて、消えない。必ずそれは、もう一度戻ってくるものとしかおもえないので、日本人たちは、歯ぎしりをしながらしがみついている。日本人ということで僕は、なんとなく肩身の狭いおもいをして人混みのなかをいま、あるいている。日中両国のあいだは険悪になってきたが、まだ、それが拡大するとまではきまっていなかった。だが、東南アジアは、決して居易いところではなくなっていた。原住民にとっては、この動揺がまだ、吉とも凶とも決めかねたにちがいないが、最低のものにとっては、どっちに傾いても、影響するところは多寡が知れていた。その当時までの彼らには、わずかな損得が先に立つだけで、大きな変革の野心はなかったし、じぶんの手に戻ってきた財物を処分する自信もなかった。回教人のやっている、どこにもある、ほんの椅子と小婢だけの喫茶店の入口に近い場所に坐って、目まぐるしく往来する人ごみを眺めていた。刺激のつよい珈琲と、小麦粉を炒めただけのパイを前にして、ここまでは来たものの、これからどっちの方面に踏み出そうかと、改めて思案をすることにした。ねどこのなかや、しずかな公園の椅子よりも、こちらとはなんの関係もない、白紙に等しい雑鬧《ざっとう》を前にしているほうがかえって心がしずまり、あれとこれをつなぐ経緯《すじみち》がはっきりみえるようにおもわれた。マラッカにつづくマライの西海岸線を北に辿ってゆけば、タイピンに出られた。白娘々は、そこに居そうな気がする。しかし、そこは、彼女がいなかった場合、支那人の勢力の一つの拠点であるから、どんなにあじけないおもいをすることになるかもしれない。それをもっと遡れば、ペラ州の首都イッポに出る。カウランプール市に近く、連邦州と回教の首都で、みごとな大王椰子の並木路のあいだから寺院《ムスケ》のドームがみえ、僕が鶏にでも変身しないかぎり、用のないところだ。それにしても、マラッカか、ピナン島か、はっきり今はおぼえていないが、往路に立寄ったとき、日蓮宗の坊主がいたが、強っ気では負けない回教徒の中心地でなにをしようと企んでいたのだろう。画などに金を出す気づかいのない雑貨屋の女房の当惑顔に、彼は、僕の尻をつついて、たのみかたが足りぬ、もっと平身低頭しろと、這いつくばわせたものだった。そのときの困りかたの度は、その女房も僕もおなじくらいであったにちがいない。よく道すじを辿ってみると、あれは、やっぱりこのマラッカだったということになる。僕は、声を立てて笑いだしたくなった。さて、その方面が駄目となると、ピナンまで直行するより他はない。あの時、僕は、画などうらないで、日本から、南方向きな、さらし浴衣や、蚊取線香、ちぢみの下着、雑貨品類などをそなえて、安物の雑貨品類を背なかに負って行商してあるいたら、その方がよっぽどよかったのにと、後悔したものだ。この態たらくでは、ピナンに着いても、ビルマや、東をむいてラオスや安南の都ユエに足をのばすことは、空想にひとしい。どこにもそれぞれの現実があり、荒々しい自然とむかいあって、僕らを通すまいとするにちがいない。やはりこの無謀な遠征はおもいあきらめて、少しでも様子のわかっているバトパハの路をくだってシンガポールにもどるにしくことはないかもしれない。そうおもうと、あのかなしげな猿の群のいるセンブロンの森や、いまも藁のなかにもぐってねむっているにちがいない学校の先生や、クラブの書記の松村さんの反《そ》っ歯が目に泛《うか》んでくる。（アレクサンドルよ。家に戻るのだ！）帰りなん、いざで、僕の故郷はジョホール州バトパハで、世界の辺陬《へんすう》の辺陬で、殆ど一般にはしるものもないあんな土地であるような。その魅惑については忘れられないなにか特別な理由がありそうだ。だがそれを知るどんなきっかけも、いまではみつからない。あんなところを通りかかったのは、ただ偶然の偶然で、その名さえ、以前にきいたことはないのに。ニッパ椰子の茂るむこうの壁蝨《だに》のようにふくれた海峡から這寄ってくる夕靄と、ジャングルの奥から滲み出る雨霧とが手をにぎりあうなかに消えてしまう一キロメートル程の、市《まち》とも言えない程の、たのしむものも、みるものもない船着きの聚落に、どうしてそんなに心をひかれるのだろう。

僕はふと立止った。うしろからくる人が背なかに突きあたって前にのめりそうになるのも構わず、僕はくるりとうしろにからだを向け、せわしく人を押しのけて、あと戻りをしはじめた。白娘々とすれちがったとおもったからだ。魔性の女は、たとえ離れていても、あいての男がいまどこにいるか知っていて、ありうべからざる場所のどこにでも姿をあらわすものだ。僕はたえず、魔女を怖れていた。怖れることと、もとめることの相関が、彼女のなかに魔女をしっくり嵌めこみ、魔女が彼女の真似をしているのか、彼女の方が魔女を気取っているのか、とにかく、そのうごきが同時的で、みてとる分秒の隙もなかった。足早な白嬢らしい女に追いつくまでにシャツはぬれて僕のからだに貼付いてしまった。その横顔を覗くすぐ前に、それが似ても似つかぬ別人であることがわかったので、一応たしかめてみる気にもなれず、そのままたいままで通りの道を、逆方向にむかってあるきだした。気をつけてみると、南方華僑の娘たちは、みな見まちがえそうによく似ていた。さっぱりした白い上着に、濃紺の短いズボン、うでに金の腕環や、折ってきた花を釦穴にさしたり、その釦も、マレイ人なみに、金貨をつけたり、装身具で見わけるしかないのである。白娘々も、どうやらゆきずりの女で、ふたりのあいだには、もう、仕切りの戸がおりていた。どこかで出会っても、すでに他人であって、ふり返りもしないであろう。それは過ぎたことで、過ぎたことはなかったこととおなじく、いつでも、そこの個所は、小刀の先でけずって消してしまえばいいことなのだった。

そのために散歩の興も削がれて、宿にもどったが、南方の一日はながく、窗からみるよその家と家のあいだの屋根越しのせせこましい落日の空は、七珍万宝が彩られ、その先に大宴会でもはじまっているような花やかさをみせていた。司祭の身にまとう金襴の袈裟《けさ》のようでもあった。それにくらべて、なんとみすぼらしい僕の人生であろう。陽のなかで染まっている僕の掌は、原住民並に焦げて指がふしくれ立っているし、鞄につまっているものは、着換のシャツ一枚と、パリで着通してきた紺のトレンチ・コート、本二冊とノート、それ以上入りきらないものは、みな人にゆずったり、捨てたりしてきた。上海で上野山清貢という画家からもらった外套も、来るべき厳寒のパリを越せるように友達の背なかにそっと着せかけて来た。もっともみるかげもないのは、日本からかぶって出た、夏冬となく頭にのせ通しの中折帽子で、幾十回とない驟雨《シャワー》に叩かれ、北欧の風雪を凌いで僕をまもってくれたものだが、いまはもうしょうたいもなく形くずれて、色はよごれ、灰いろとも、黒とも、緑ともわからなくなっていた。手にとると羅紗の柔軟さなどなくなって、反《そ》り返って、形のつけようもなかった。眼にみえないから助かっているが、僕の心情もこの痩せた胸の肋骨のしたで、こんなにかじかみ、こんなに垢だらけになっているにちがいないとおもったが、それはそれとして、格別、憐みをかける気にもなれなかった。

女主人がノックをして入ってきた。出掛けにたのんだ上着の洗濯ができあがって、それがたちまち乾いて、アイロンを掛けられ、出来あがったのをもってきたのだ。「どうせ、ついでだから金なんかいりません」というのを押して、銀貨一枚、洗濯代を渡した。そして夕食に、ナシ・ゴリン（炒《いた》めご飯）を彼女にたのんだ。マーケットで食べるよりも清潔で、うまいからであった。僕が椅子を引っぱり出していってナシ・ゴリンをたべながら夕日をながめていると、出窓つづきの隣室から若い女の手が出て、干しものをたぐり込んでいた。石菖の根もとにうんだ蜥蜴《とかげ》の卵のような青白いうででであった。スプーンを皿にあてて音を立てると、洗濯物を胸に抱いたまま、彼女は、僕のほうをふりむいた。マライの女であったが、多くのマライ女とちがって、ババー（召使い女）型の乳ばかりが盛りあがった醜女《しこめ》ではなくて、すこし痩型で、眼の大きな、コケットな女であった。すんなりした顔容、物ごしは、カシミールの近くのパーシー族の女か、その系統の血をうけた混血児ではないかとおもわせた。彼女が見るということが、すでにおもわせぶりな表情をつくりだして、ただならぬおもいをあいての心に搔きたてるようであった。印度の女だけがもっている、つくられたものではない、生れながらの情念の眼であった。こういう女のいる限り、男たちにとって、生きるということは、その女たちのゆく先の先までついていって見とどけることであった。陽ざしがうすれてゆくまで僕は、もう一度、彼女が出窗のほうへ出てくるのを待っていた。そして、こんなとき、シンガポールのシャオのような便利な男がここで知合いになれたら、先方の素性もわかるし、知合いになるきっかけもつくれるのに、とおもって残念であった。ここの女主人からいろいろきくという方法もないことはないが、とも考えてみたが、よく思案してみるまでもなく、それではうまくゆかないという直感があった。日本人が奥ふかく蔵《しま》っている日常のモラルから、そんな時、親切心にかこつけて、水をさそうとかかることが知れきっているとおもったからだ。じぶんはもう、やまと魂などをもっていないらしい。おもいのままに行動したら、瑣末なことでも日本人をおどろかすにちがいない。アントワープや、ロッテルダムにゆけば、ますます片意地にやまと魂を大切にまもって、腕肘《うでひじ》を張って西洋魂と対抗している人間がたくさんいる。それかといって僕は、西洋を鏡にして身じまいをすることもできない。困ったものだ。水浴場《マンデば》で水浴をすませて戻ってくると、隣室で野《の》ぶとい男の声がきこえる。言っていることばはわからない。従って、どこの人間か、推測するめあてもない。

女主人が、炒飯の皿を片付けに来たのできいてみると、

「インド人で、市庁の役人ということです。気がつかないことをしましたが、夜寝てから女房じゃそうなが、あの女衆が、殺されるような声を出して、あばれよります。ここに泊る人みんなに、よんべはねられんかったと苦情を言われます」

と、問われないことまで披露した。

「平気だよ。僕は疲れて、昨日から一睡もしていないから、なにがあっても白川夜船だ。気にしなくてもいい。南京虫が出なければ、ここは最上の部屋だ」

と僕はそらとぼけ、

「明日はまた、バトパハへ戻る自動車旅だから、充分寝られる」

と言った。女主人が下へおりてゆくと僕はベッドにあおむけになり、蚊帳をおろして、さるまたまでぬいで丸裸になった。ここの風は、粘りっけがなくてすずしいが、風が止

むとすぐ、ふつふつと汗の玉がふいた。僕はまだ、先へ行ってみるか、戻るかに迷っていたが、そのうちとろとろと眠った。女の大きな叫び声で眼をさました。あたりは寝しずまった頃で、外からのあかりに腕時計をすかしてみると、まだ九時半をちょっとすぎた時間であった。

なる程、と僕は合点をした。そのうなり声、叫び声のあいだに、法螺《ほら》貝でも吹くような鳴き声、子供が夢におびえるようなうつつ声がまじってきこえた。僕は、そんなものに一切無感動になろうとおもった。そして、心構えを、蛇のように冷たく持とうとした。こんな奇妙なたたかいの体験は、いままでにないことであった。

翌朝早く、僕はねむり足りないままで眼をさました。厠にゆくために廊下に出たとき、隣室の主人の出勤するところに出会ったが、その男は、六尺をうわまわる大男で、顔は、眼と鼻をのこして全面、茶いろがかったちぢれ髯に蔽われていた。英国人のあいだで働いている彼は、新しいシャツ、薄羅紗の服で紳士らしい、きちっとした風采をしていた。煙草に火をつけながら階段をおりてゆく姿は、堂々としてみえた。その髯づらのいたるところに接吻をして扉の外まで送りだした彼女は入口の扉をあけ放したままで、寝ぞうわるくベッドにころがっていた。前夜の疲労を回復するために、これから一ときぐっすりと眠り込むつもりらしかった。

僕の内部ではけくちがなく悶えていた欲望も消えて、あっけらかんとしていた。もとより、人間のいたるところでは、どこでも起っているありふれた現象にすぎない。鞄一つの僕は、出発の用意と言って、なに一つなすべきこともない。せめて彼女の部屋へ行って、「御馳走さま」とでも言って別れたいとおもったが、それが淑女を羞かしめることにもなりそうなので、それも断念して階下におり、女主人に、部屋代と食事代を払った。

「ゆうべは、火の手があがりよりましたか」

と彼女のほうからたずねた。

「なんのこと？　床に入るなり、いままでなんにも知らず寝てしまった。くるまの待合所まで急がなくては」

徹頭徹尾そのことはそらとぼけを通して僕は、この小ホテルをあとにして、くるまのたまり場まで急いだ。ＳＨＥＬＬの看板を目じるしにしたそのたまり場には、四、五台のタクシーが並んで待っていた。客が五人程そろえば順ぐりに出発するようになっていたが、バトパパハ方面にはいま一台出たばっかりなのであと二台目の客がそろうのを待たなければならなかった。待つあいだそのくるまに乗り込んで待っていた。タイピン行が一台出たあとで、案ずるほどのこともなく、バトパパハ行きの僕の車が走りだした。バトパパは、それほどながい行程ではなく日ざかりに着き、休息したあと、日いっぱいに終点のシンガポールに着くと言う。得るよりも失うことの多かった旅を、一まず終らせたほうがいいかもしれないと迷った末、休息の時間がながいのでその暇に、日本人クラブの書記に別れの挨拶にいった。センブロン河に添う、四、五人のプランターが働いている小さなゴム園の人たちが来ていて、誘われるままに、くるまの延長のほうをことわって、またもや、センブロンを遡った。パリを引きあげた帰り路ときいたので、いろいろその後の話を聞きたかったのだ。そこの人たちはみな、人柄がよかった。

ゴム林は小さかったが、原住民の数が多く、古びて板の飛んだところもあるが、バラックの回教寺院もあり、市場のようなものも立っていた。うしろには、小さな石を置いただけのお粗末な原住民の墓場があり、そのへんには蛇がうようよといた。声を立てて追うと、逃げるその蛇群で、大地がうごきだしたような錯覚をおぼえる。このところ雨が少いためか、ニッパ椰子が根まで浮きあがって、櫂《かい》のように突立っていた。乾きっているというのに、森林がふかいせいか陰湿な感じがした。

白蟻でくずれそうな社宅の大部屋に、ランプがついた。

一応、パリの話をしたあとで、席画の会のようなことをやった。せいいっぱい歓待してくれたあとで、山（ゴム園をそう呼んでいる）から別れるときに、一人一人が若干ずつ、金を出しあって餞別をつくってくれた。ポンポン蒸汽に乗ってまた、一まずバトパハに戻り、先生が一昨日からかえっていないというので、てっきりあの年上の飲み屋のところで居つづけているにちがいないと星をつけ、行ってみると、そこにはいなくて、シンガポールにちがいない、と言う。なにか怨みがましい言いかたであったので、さては、シンガポールのカトンあたりに河岸を変えたのだろうと推量した。その夜は、クラブの藁のうえで寝て、朝方、くるまでシンガポールに出た。

シンガポールはさすがに、世界とつながっているにぎやかさがあった。人力車《チャー》に乗りかえてまずゆく先は、桜ホテルであった。夕方まで休んだが、スコールで眼をさまされて、夜、長尾氏を訪ねて、帰宅をしらせた。

翌日、朝早く、郵船の船が着いたというので、ホテルの主人が波止場まで、客曳きにでかけた。昼近くにかえって来ると、あたふたと、表通りにむいた僕の部屋へ駆けこんできて、

「大変ですよ。奥さんが船に乗っていられました。検疫がすんだら、すぐここへみえるそうで……」

「そう。どうやって？」

と僕も、おもわず呟いた。

——すこし、こちらがのびのびとしすぎていたかな。それにしても、どうやって？　おどろきはなかなかしずまらない。しかしもう三十分もすれば、ここへ来ると言うのだ。どんなふうに迎えてやればいいのだろう。

僕は表通りの窗《まど》から、車にゆられてくる彼女の姿を待ったが、それは、幻影《まぼろし》が車にゆられてくるという気しかしなかった。そして、蓋《ふた》しきれない再会のよろこびが。

疲労の靄

彼女は、人力車ではなく、堂々とハイヤーを、桜ホテルにのりつけ、「いいお天気ね」という顔つきで僕が、部屋の窗から見下しているのには気づかずにはいってきた。彼女のそういった傍若無人ぶりは、もってうまれたもので、なにはともかく僕が彼女を買っているのも、その点であった。このホテルは、むろん、世間の人が頭に浮べるホテルということばにすぐつなげる豪華なものではなく、またつれ込みホテルともちがう、港で船を乗りつぐ人たちが、旅の間あいをはかるために一日、二日逗留するための「腰かけ休息ホテル」とでもいう性質のホテルで、部屋は二階に、ほんの三つばかり、階下は、撞球台が二台置いてあって、在留邦人の常連だけがあそびに来るところであった。僕が泊っている部屋は、港から来る人たちが、エスプラネードを廻って、邦人の多いスラングーン大通りに突きあたるところにあったので、窓の手すりからまっ正面に、人の来るのが望見できる便宜があった。僕は入ってくる彼女にすぐみつからないように身を退《ひ》いて、カーテンのうしろからみているという、いかにも日本人らしい、小手廻しな本性をあらわして、用心ぶかく間あいをつくり、先手をとられないようにあいてをうかがう、余裕のある位置にじぶんを置こうとした。顔をあわせる瞬間のたがいの間のわるさを避けたい。ただのはにかみとばかりは言えない、まだほんの二ヶ月ばかりの短い時間ではあるが、お互いの別々な生活のあいだに、どんな爆弾がしかけてあるかわからないという推量がそうさせるのであった。

彼女が、なにかうしろぐらいものをもっているために、しおしおとした態度で、進みかねてたじろいだ様子をしてかえって来るよりも、揚々《ようよう》として来たときの方が、気を付けなければいけないことを、経験的に彼女を知りつくしている僕には、わかりすぎるほどわかっているので、その明るさが、ほんとうの明るさであるのか、明るさを装っているのか、咄嗟に判断のつく筈であった。

幼い頃から、親たちや、周りの人をうそで固めて嗤《わら》いながら成長してきた僕は、じぶんと引きくらべるまでもなく、彼女のうそを見抜くほどの猜疑心の用意もあったが、いままでのところ彼女は、かつて悪びれて、かくし廻るようなことは一度もなく、こちらが問いただそうとうろうろしているあいだに、むしろ、すすんでじぶんの方から、細大洩らさず、たのしい土産話をするようにしゃべってしまうのであった。そのために、男のほうが釣込まれて、それから、それからと、話のつづきをきくのをたのしむような、奇妙な立場になってしまう。「君、その手は、いったい、どこで覚えたのだ」とたずねたくなるくらいである。お互いに、じぶんたちのあいだでは、身うごきもできないほど、馴れきってなにをしても退屈でしかなくなったときには、Change Chevalier は、立派な回復薬である筈だが、それは理屈で、現実では、なかなか調子をとるのがむずかしいものだ。

彼女が、音を立てて階段をあがってくると、表二階のこの部屋が急にはなやかになり、何ヶ月ぶりの彼女のからだを引寄せようとすると、それにすぐ乗ってくる筈の彼女が、

「まあ、まあ」

と言って、それをふりほどいた。

「切符は、ここまで買ったんだろうな、それとも」

と、僕がたしかめると、

「神戸までよ。船が明日のお昼頃に出帆するから……」

「それまでに船にかえらなければならないのだね?」

「そう。あとの雁が先になる勘定ね」

ひとり言をつぶやくように、彼女は言う。

「そうか。それならばしかたがない。で、今夜はここに泊って、長尾さんたちに会ってゆきなさい。今度の船で僕もかえるが、今度の船は、一ヶ月あとだ。そのあいだ、こんな暑苦しいところですごすのはたいへんだしね。やっぱり三等か」

彼女は、それにうなずいてから、

「それはそうなんだけど、二等から、二等の食事をさし廻してくれる人がいるのよ」

と言った。

その一言で、僕は、いっさいがわかった。

「そうなのか。いい施主がついたってわけだな。いつかまた、僕からもよく礼を言うことにするよ」

彼女は、しばらく黙っていたが、

「それには及ばないでしょう」

「そうか。まあ、まあ、それでもいいだろうが、それでいったいどんな奴で、どういうことになっているのか、ゆっくり話をきくことにしよう。暑いから、水浴場《マンデば》が、二階にあるから、浴びてさっぱりしようじゃないか」

三方を、石で築きあげたマンデ場は、ひいやりとして気持がよかった。あかり取りの高い窓の鉄格子からまだ強い陽がさしこんでいた。水を掛けあったり、せなかを流しあったりしながら僕は、彼女が例によって、二等船客のその男との成立ちを克明に語りだすのを、そうか、それからと張合をつけてやりながらきいていた。

その男はやはり、パリに滞在している三百人の絵画修業の若者の一人で、彼女とおなじ船で日本へかえる男であったが、船の出航が積荷の都合で二日おくれるので泊った安ホテルで一緒になったわけだ。三つばかり彼女よりも年下という。日本で有名な大財閥の子会社の社長の三男で、絵の修業も名目で、月々金を送ってもらって、パリには、ほどよく二、三年遊んでいたが、それも倦きて、急に日本に帰りたくなって彼女と一つ船に乗合せることになったというわけだ。姉川というめずらしい名の男だったが、丁度、マルセイユの繁華街のおなじホテルに泊ったのが縁というわけだが、どうやら彼女に眼を付けて、そのホテルに泊るあとから追《つ》いてきて、泊ったものらしい。成程、金持の暇人らしいやりかたで、十年前に、すこしばかり金をもってパリに来たときに、僕も、似たような経験をもっている。一人で異境にいる女が淋しさをかこつあまり、そのときは女の方からしきりに意志表示をしたのを、みすみすやりすごし応じようともしなかったが、それは僕が詩に憑《つ》かれて他を顧みなかった時期であったからであった。置手紙をして彼女は、先に日本へかえってしまった。かえってから、その詩集を推敲するために京都の等持院の茶室にこもったとき、おもいだしてその女の住居を、阪急えびすという町に訪ね、一緒に六甲にのぼり、ホテルに泊りもせず内海の展望をしただけで、そのまま永遠に会う機会を断ちきるような別れかたをして、東京に戻った。そのときの詩集が『こがね蟲』であった。姉川という画家は、僕よりはすこしばかり世慣れていたし、年齢もその時の僕よりも長じていて、彼女よりも二つ三つ若いとして、彼は三十あと先ということになる。案内者顔をして彼女を、シャトー・デイフに連れていったり、今日でいうポルノ映画をみせたり、計画的に誘導《みちび》く手段を知っていたらしい。

女は、どんな女でも、男が、それを過失だと知らせないでいたら、それを手柄のようにおもって、その女に寛大ぶりをみせる男の前でつい、のこらずしゃべってしまう気になるのは無理もない。女にとっては、そんなひどく気楽なあいては滅多にないからだ。なんでも咎め立てせずきいてくれるあいてのあることは、この世代の女性にとって羽目をはずさせることとなり、第三者の眼には、男のひとのわるい策略ともうつるのである。「君が彼女にそうするようにしむけているんじゃないか」と、一言忠告をしてくれる友達でもいてくれたら、多くの紛糾は避けられたかもしれないし、大きすぎる徒労の時間のために、お互いにじぶんたちを変質させ、おのれを呵責する異様《アブノーマル》な経験で、肉体、精神を麻痺させ、ぼろぼろにすることがなくてすんだかもしれない。しかし、また、危く歯止め作用に成功して、エネルギーの消失に成功したとしても、別の悪結果がそれに代るまでの話で、もっとひどいことになっていたかもしれないのだった。

　彼女の話によると、姉川と彼女は、航海ちゅう、ボーイに充分以上の心づけをやって、特別三等の別室にこもり、昼も夜も、そこを独占して二十日あまり、部屋の外のたくさんな船客、船員の好奇の眼にかこまれながらすごしてきたものらしい。船中が、彼らの噂でもちきっていたにちがいない。眼にみるようにまざまざと、僕には、その情景がうかんできた。そんなときの彼女の抵抗心のつよさは、やはり、僕がうえつけたものとしか考えられない。若い画家たちのもつ、ひとりよがりの熱情も、それに輪をかけて、二人が日本にかえってからは、どうして、こうしてと、彼は、空想をはたらかせ、二人で住む新居の設計などを図に画いて、彼女に同意させようとした。彼女が、それでも猶、全面的にうなずかない原因は、子供のことがあるからだった。金持のおぼっちゃんらしく彼は、じぶんの財力で、できないことはないというふうに育てられてきたので、そこの一点でどうしてもひっかかってしまうので、我慢がならなくて、子供はじぶんたちの子として育てればすむと言って、彼女を説得しようとした。子供の父親である僕へのいわれない対抗意識のガス体のなかで、一本のマッチでも火だるまになりそうになっていた。そういう男心を、掌にのせてたのしむことが、年上の彼女にとっては、たのしいのだということも、僕にはよくわかった。話をきいているうちに僕は、だんだんその男がわかってきて、到底、あいてを憎んだり、角目立《つのめだ》ってあいてになったりすることができそうもなくなってくるばかりだった。

「うまくやっているぜ、君のほうは。航海中の無聊の心配は、それで解消できる。すこしおくれて、あとから僕も帰るが、そんないいこともなさそうだよ」

そう言ってから僕は、完全に僕から青年らしいものが離れていったことを知って、ちょっと顔がひきつれるような寂しさをおぼえた。現実にもうすぐ、四十代が来ているのであった。しかし、彼女に対して愛情がなくなったというようなことではなかった。愛情はあっても、そのことで、面倒にかかずらう気力について、自信のうすれていることに気づいて、言いようもない哀惜の情をおぼえた。

「こんどは、しあわせがつかめるかもしれないね。僕には、それができなかった。君といっしょになるときの条件にも、新しいあいてができたら、遠慮なくお互いに別れるということだったが、それを僕の方が違背して、そのために、いろいろな不幸を味った。やっぱり、こっちの心掛けがわるかった。でもこんどは、君もその若者が好きなんだろ？」

「さあ、それがね。よく考えると、それがわからないのよ。半分は、どっちだっていい気がしているのよ。……それにね。私にはね。あの人では、満足させてもらえないということもあるのよ……」

——そういうこともあるのか。

とおもって、僕は、口をつぐんだ。こんどは、その男がすこしいじらしくなった。だが彼女のそのことばで、二つ三つ点をかせがせてもらった気にもなった。東洋人の小麦いろの肌がはやっていた時代で、そのことばは、断髪《ボッブ》で小麦いろの女に、彼女がそっくりあて嵌《はま》り、いろいろの面倒のはじまりも、そのことに就いての彼女の自信と全く関係なしということが言いきれなかった。それで、スターの家族たちのような心理で、裸でいる彼女のぬれたからだを、そこここをつかんだり、放したり、接吻したりで、得意になるのであった。要するに、鼠をとった猫をほめるような気持だった。

しかし、水浴場で彼女を抱いたときは、欲情があるのに、焦れば焦るほど果せない状態になったが、彼女が今夜はこの宿に泊ることになっている。機会はいくらでもあるとおもって、ゆとりのある気持で、水浴だけで、部屋にもどった。彼女がかえったことをレースコース・ロッドの長尾さんに電話すると、長尾氏の奥さんが新しい新聞社事務所に電話したとみえて、時間を置かず彼から、こちらへ電話がかかってきて、彼女の帰途についたのを欣び、社のしごとですぐゆけないが、夕方そちらへゆきます、どこかへ散歩しましょうと言ってきた。

日が暮れないうちに、長尾さんが現れ、三人でならんで、ジャラン・ブッサルの大通りを、中華街のゆきづまりになる唯一の娯楽場「大世界」にむかった。道順として、レースコースの長尾さんの家に立寄り、そこで帰ってきた彼女が挨拶するために立寄ると、奥さんが、晩食をつくって待っていた。長尾さんのほうでは、そういう手筈になっていたらしい。先にシャンハイを発ってから、足かけ五年経過しているので、久闊の情としても、遠すぎも近すぎもせず程よいところであった。当方の彼女としては、変化が多すぎてなにを先に話していいか迷っているようであるが、長尾夫人の方はむしろ変化がないので、話すことは古藤社長の急逝と、その後のいきさつぐらいにしぼられ、それも細々《こまごま》しいことは、こんどは、僕の彼女のほうに、わからない問題ばかりであった。長尾さんの二人の息子、太郎ちゃん、次郎ちゃんが、ちょっとみないうちに大きくなったこととか、ふたりの子供のいたずらが激しくて手にあまるということぐらいな話題であった。それから、ながい旅からかえって、一人息子で久方ぶりの再会が、どんなに胸おどらせる事件であるかを実感し、推量することで、ふたりの女性のこころが近寄れるというぐらいなことであった。子供たちがいるので、奥さんは、一緒にゆけないということで、三人だけが、「大世界」にむかったが、時刻はかれこれ七時頃で、あたりがもうすっかりと暮れていた。南方の日没のあとの空の華やかさのわずかな余映もなくなり、軒廊《カキ・ルマ》や舗道で敷石のつめたさに腹をつけて、苦力《クーリー》たちが労苦のからだを休め、眠りをいそぐ、そのためにあるく道が狭くなり、彼らを踏みつけないように気をつかいながらあるかなければならなかった。そんな平等主義など、ここでは忘れても口にすることができなかった。やはり一等国の男が言うには、惰弱《だじゃく》な言いぐさであった。支那人と親しく口をきくのは、なんといっても支那は、同文同種でむかしから、文化や、技術を教わった先進国であったからという理屈も立つが、熱帯の土着民族たちは、未開の人種に属して、西欧の旦那たちに、こきつかわれる運命で、こきつかわれる運命にはじめから生れついているのであるから、彼ら賤民を、土足と笞《むち》で追いつかって、いつも、不遜な心を起すことないように、やさしいことばなどかけてつけあがらせないように心掛けることが、日本人が西欧人並《なみ》に体面をたもつことのできる道すじだという気持が下敷になって、彼らはみな、国風をおとさないためにも、彼らと馴々しくすべきではないと倨傲《きょごう》にかまえるのが常習であったので、原住民の方でも、しきりから内に入って来ようとはしなかった。西欧が侮っているあいてにはおなじ態度をとることで、西欧諸強国に並ぶこと考えていたので、支那人に対しても、ほぼ同様な、あいてを下目にみる態度にかわりはなかった。そんな意味で、新聞人である長尾さんは、資本家の手足の大多数の在留民とちがった、もうすこし先の見透しのある考えをもっていたので、随分用心してあからさまにじぶんの考えることをつつしんでいたが、例え、新たな新聞社を興しても、記事には、勝手に書くことを差し控えなければならないので、心がいつも鬱していたらしい。率先して、僕たちに親しくして、便宜をはかってくれようとするのも、僕らには、安心してなんでも言えるからであるらしかった。彼じしんが酒もたしなまず、生真面目で、所謂、大風呂敷ではったりの一般の海外雄飛組とはあい容れないので、たまっている不満を、曲りなりにも理会してくれそうな僕らを歓迎し、バトパハの松村さんとはすこしちがった意味で、

「どうです。いっそこのまま、日本にかえらずに、一年か二年、ここにゆっくり腰を据える気はありませんか。生活のほうは、今なら籍だけ新聞社に置いて、ときどき随筆でも書いてもらえば、最低ですがなんとかなるようにしますから」

僕一人ならば、事によると渡りに舟で、飛びついたかもしれないが、事情は、その日の午後から変って、彼女との解決を見届けるためにどうしても一まず日本へかえらなければならなかった。しばらく僕と彼女とは別々なおもいで沈黙のままであるいた。僕か

らは、こんどの事件は長尾さんには話すまいとあらかじめ訪ねる前に彼女に言っておいたので、彼女も心得ていて、気ぶりにもみせずにいたが、こういう一、二年ここに住むという具体的な話が出ると、それがむずかしいというわけを別につくって、彼に納得させねばまずいことになった。しばらくして、僕が言葉をついで、

「この人（彼女のこと）は、家から帰りの旅費をもらって、とにかく神戸まで、切符も買ってもあるので……子供をあずけっぱなしもそろそろ限度がきていますし、それに、本人も帰心矢のごとしですから、一応はやはり帰った方がいいでしょうし。……僕の方も、一度、この人の家族の人と会って、こちらに来るにしても、今度は、子供もつれてくるよりしかたがないとおもいます。このままでシンガポールにのこるというのは、まずい、とそう思いませんか？」

　長尾さんも、考えこんでから、言った。

「そうですね。だいぶながいことだから、あなたがたにしても。それは、一度かえってみてからのことにしましょう」

　その話は、もうそれで出なくなった。

　夜のさかり場の空気は、支那風な花燈の原色のあかりが、腫れぼったい夜靄のなかに滲みこんで、けだるいような、なまめかしい濃化粧の情欲的な世界をつくり出していた。

支那芝居のうしろを廻ると、役者たちが、ペンキで塗ったような隈取《くまどり》を、洗面器でおとしていた。胡弓や、銅鑼に合せて、甲高い花旦《おんながた》の囃子がきこえてくると、一方の闇をきりひらいた舞台から、遠い沼の底をくぐってくるようなドンゲンの音楽につれて、肥ったからだをうねらせたり、腕から指先までこまかく顫《ふる》わせながら、マライの踊子たちが並んで、おなじ旋律を単調にくりかえしているのがみえる。野天映画もあった。影画芝居もやっていた。その夜の行楽はひどくたのしかった。ながい滞在なのに、こんなさかり場にあまり足をむけなかったことを後悔した。しかし、たのしいのは、久しぶりで彼女と一緒なのがたのしかったのだ。明日はもういなくなるというおもいが、たのしさの大きな原因で、彼女ともこれが最後だとおもうと、やがて宿へかえる時間が近づいているのが惜しくてたまらなかった。人ごみを幸いに、長尾さんをまいて、二人きりになりたいとおもったが、それほど身勝手にも振舞えなかった。そして、彼女が船を遅らせる無理のない理由をいろいろ考えてもみたが、それもできず、帰途は人力車《チャー》に乗り、スラングーン通りを、レースコースへ廻るところで、長尾さんとも別れ、その車に、桜ホテルまで、二人は乗りつづけた。車を下り、桜ホテルの前に立つと、階下は、玉突《たまつき》の客が帰ったあとで燈が消えていた。扉はまだ閉めてないので、一言、帰ったと言葉をかけて僕が先に立ち、階段をあがり、二階廊下を部屋のほうへあるいてゆくと、彼女もあとにつづいた。部屋の扉をあけて僕が片足ふみこんだとき、横の部屋から、なにか飛び出してきて、猛禽が羽搏くような物音と、彼女のぐ、ぐっと、叫び声の押しつぶされたような声がきこえた。ただならない気配だったので、僕がふり返ると、咄嗟には小柄にみえた男が、彼女のうしろから抱いて、羽がいじめにして途中の別部屋に曳きこもうとしているところであった。それをはっきり見たが、僕はあと戻りして、彼女をつれかえそうとはしないで、一人で部屋にはいり、部屋のまんなかに置いてある丸テーブルの前にどっかりと坐った。その男が彼女の新しい恋人の姉川という男であることは、分っていた。おそらく彼女が上陸したあと、一時間、二時間、彼女の船にかえるのを待っていたが、がまんがならなくなり、おそらくホテルの主人がまた船にいるのをみつけたか、日本人ホテルを聞いて、僕らがここにいることをたしかめて、早くから、途中の部屋にいて、彼女の帰宅するのを待っていたものかもしれない。僕らの一緒に出掛けている先がわからないので、瞋恚の炎をもやしつづけて、こんな夜おそくまで待っていたのだろうとおもうと、身に引きくらべて、彼があわれにおもわれてきた。十分ばかりたって彼女が一人できて、「どうしたらいいのでしょう?」と、しどろになって言った。

「そうだな。会ってみたほうがいいから、この部屋につれてきなさい」

と僕は答えた。彼女があっちへいって、そのことを伝えるためにいなくなったので、丸テーブルの横にすこし片寄せて敷いてある布団を、足で二つ折りにして壁のすみにおしのけた。彼女のあとから男が入ってきた。

男を正面に坐らせて、テーブルを挟んで、僕はむかいあいになった。彼女は、椅子から離れて、横っちょに坐っていた。必要なとき以外口出しをしないように、彼女にはすでに言いふくめておいた。度胸をきめたときの彼女は、妙にどっしりとしてみえた。

じぶんなりの理屈を通すとき、彼女は、じぶんが絶対にまちがっていないという自信をもっているせいか、特にどんな時にも懐疑的な僕は、却って先方の気魄に押されて、事実が曖昧になってしまうことが多かったので今日は瑣末なことでも、固執して投げてしまうことのないように、肚を据えてかかるつもりでいた。

「これが、先刻御話した姉川さん、こちらが……」

と、彼女が双方をひきあわせた。

「お呼びたてをしましたが、どういうあなたのつもりか、それをあなたの口からも伺いたいとおもったものですから……」

余事にわたらないように僕は、単刀直入に話をもっていった。

「船のなかの退屈まぎらせですか。別になんとも考えないで……この女《ひと》には僕がいるということをあえて無視してそれだけの面倒を覚悟して、それもいとわない気持で、この人を欲しがっているわけなのですか。それをきいたうえで、所存を決めようとおもって、この部屋へ来ていただいたのです。どうか、ほんとうの気持を、よく考えて腹蔵なく話してください」

ときり口上で言いながら、僕は、わが立場の優越を味っているみたいな、奇妙な快楽に酔っているのであった。負けず嫌いらしい姉川は、口の辺を痙攣させたり、顔を充血させたり、蒼くなったりしながら、それでも、僕らのそばにいる彼女に、気強いところをみせなければ、破れになるとでもおもっているように吶々《とつとつ》として、

「僕は、彼女をいただきます。必ず幸福にしてみせます」

と言ったが、その言葉のうらの気持は、お前はさんざんこの女《ひと》を苦労させたうえに、パリ中に、悪評の巻添えにし、噂の種をまいてあるいたではないかと僕に対する批難をこめ、じぶんを正義化して立ちむかってきたが、僕は僕で、それを反駁することばを用意したが、それを外に出すことはしなかった。

「僕はきっとあなたよりも、彼女を幸福にしてみせます」

と彼は、ぎりぎりのところは、この一事です、と言わんばかりに、僕に詰めよってきた。

――それは、究極は、君のお金のことかね。

と反問するのをさすがに我慢して、

「さあ、それはどっちかね。そんなことは君がいくら言っても自由だが、しっかり決めるのは、これからの現実だ。この女《ひと》だって、らくがしたくて君といっしょになったのかもしれないし……」

と、ちらりと彼女の方をみると、彼女は、二人の男のじぶんのための闘争を、まるでたのしんでいるかのように、見物人のたのしい顔つきで、二人を等分にながめていた。いままでは、そのとき、それ以外になにをしゃべったか忘れてしまったが、彼は、じぶんのわがままが通った気持になって、彼女をうながして我が部屋へ引きあげていった。さすがに彼女は、その時だけは困って、僕の部屋に止まろうと柱にしがみついて、僕が止めるのを待って、目くばせをしたが、事によると、僕よりももっと非力そうな彼を力ずくで追っぱらうことだってできそうだったが、そんなことをするのが心重く、腕組みをしたまま立ちあがろうとはしなかった。こういういつもの僕の態度を、日本の友だちは理会できなくて、僕をひとり異常な人間扱いすることで、衆評一致していた。井上康文が、師匠株の百田宗治に恋妻をとられて、百年の仇敵のように百田を憎んだとき、僕が康文に、「それもなかなかたのしいとおもいなさい」と力づけたことばが、詩人仲間で言いつたえられ、大木惇夫が、飛んできて、「君のそのことばは、君だからそれで通るかもしれないが、世間はおかしいとおもうよ」と忠告した。

こんどのことに関しても、内心の動揺で事を決するようなことにはならなかった。なににつけても激越な感情などは通り辷り、また、ニヒルな心情にも徹せず、なるがままにいっさいをまかせて、最後のしめくくりなどはっきりさせないままで、限られた日数を経過させることになるだろうが、人間の大半がそれで事ずみになるのだから、それでいいのだと考える方が、大きく場をとっている世界で、至って消極的に、生きているというよりも存在させられた。どう力んでみても、いざという場合に立ちいたると、手もうごかない。足もあがらない。それが皆、疲労のせいだということには、その後のながい年月のあいだにも気づかなかった。

「彼はもう船に戻った」

と言って、半扉を押して、彼女がはいってきた。

「そうか。もう去ってしまったか？」

と僕は床から起きあがった。

「いえ、いま戻るところなのよ」

と言って彼女がらんかんによりかかって、下を見た。僕も立ったままみていると、小柄ながら伊達者らしくワイシャツの肩へ上着をひっかけながら彼が表に出てきたが、彼は、僕と彼女が上から見おろしているのを意識しているか、いないか、気取った恰好で、立って煙草に火をつけてから、一度も上をふりあおいでみようともせず、どこまでも一本道を遠ざかっていった。その姿がエスプラネードの方へ消えると、やっと邪魔者はいなくなったが、彼女を抱く意欲もなく、それに、一時間ほどすれば出船になるので、

「一緒にお茶でものんで別れよう。先へ帰ったらお父さんによろしく言ってくれ。半月程したら僕もかえって、それからあずけてある子供を引きとるからと言って、よく礼を言っといてくれ」

　と彼女に言づてると、彼女は、

「まだはっきり決ったわけじゃないじゃないの。よく考えてみたが、彼はやっぱり船のなかだけのお友達のような気がするし、子供を放っておいてまで、ついてゆく気にはなれそうもない」

　と言った。

「そうだな。あいつもすっとぼけた奴だね。だが、さんざん金のためにひどいおもいをしてきた俺だから、奴が財閥の息子というのがひどくうらやましい。君もやっぱりそうにちがいないとおもうよ。君もきっとそうおもったにちがいない。いやしい人間などと言われても、反撥するいわれがないし、否定する気にもなれない。さりとて、君が奴と

いっしょになって金が自由になっても、僕にくれようなんて了見はださないでほしい。そんなことは別にして、日本へかえったら、一度会う機会をつくろう」

そんなことを二人がとりとめもなく話しているると、こちらでたのもうとおもったのを察したように、ホテルの主人が紅茶をいれてあがってきた。彼も昨夜、いろいろ臆測して、寝られなかったとみえて、紅い眼をしていた。

「奥さんは、いっしょに御逗留ですか」

とたずねた。

「いいえ、この船で帰るのよ。この人はまだ半月は帰れないと言っていますから、よろしくおねがいします」と彼女。

「この女《ひと》はああ言っているが、なにかめずらしいもの、ドリアンの実はいま駄目かしらん」と僕。

それをきくと主人は、乗り出して、

「いまが季節です。ちょっと、買うてまいります」

言うなり立ちあがって、急いで買いにいった。

僕には、初物だった。むろん、彼女もうわさでしか知らなかった。ドリアンの臭いは、糞臭に似ていて、その臭いがあたりにしみこむと何日でもとれないというので、船にもってゆくことは、船の人が迷惑して、歓迎しないというが、慢性肥厚性鼻炎の僕は臭気だけはどんなに激しくても平気であるから、どんなものであるか、興味があった。主人は、十分ばかりでかえってきて、鋭い太針でよろった、フットボール位のドリアンを新聞紙のうえにひろげ、釘でも、金槌でも割れない表皮のつるに近い急所から、三つに割って、どんな意地にも代えられないといった様子で、一つずつにそれぞれ三つ四つずつある、その種子にむしゃぶりついた。それぞれの種子には、卵いろの果肉がからまりついていてそれが甘くもすっぱくもなく、キャモンベールに似た一種独特な味をもっていたが、その香が強烈らしいとわかっても、僕の鼻はあいかわらず無感動であった。彼女のほうをみると、彼女は、その臭気に辟易しながら、できるだけうしろに身を反らしながら一粒の種子にからまる肉をなめてみて、

「味は皮肉な味で、うまくないというわけじゃないけれど……」

と言った。

「僕もそうおもうけれども、マライ人が家産をつぶし、女房をカタにしても、これが食べたいという話は、理解できない」

「いや、そんなことはありませんよ。私だって、暑い南洋になにがたのしみで辛抱しているかと言えは、これが忘れられないからです」

と、主人は、ドリアンにみこまれたように、僕らが一粒だけでもてあましたあとを、血相変えて、すっかり貪り食べた。あとで、五十叩き、百叩きの刑にあっても、ドリアンのあるところからうごくことはできないといった、あさましさも、恥も丸出しにした主人が種子をしゃぶり終るのを、呆気にとられ、声一つ立てず僕らはながめていた。ふしぎな光景というほかはなかった。

出船にまにあうように、ドリアンをいただいた返礼のつもりか、彼女をハイヤーにのせて、岸壁まで僕の代りに送っていった。

彼女がいなくなったあと、僕は、ふとんのうえに仰向けにごろりと寝たが、そのまま、夕刻まで眠ってしまった。さめてからの身の置所なさは、永年のあい棒と別れた芸人のようなもので、その力抜けした空間をどうやって埋めればいいのか、考えもつかなかった。

あくる日も、彼女がそこにいた気配がしてねていても跳ね起きて、あたりを見廻したりすることが再三あった。

ホテルの諸払をすませると持金がまたぞろ心細くなったので、長尾さんの家に寝泊りさせてもらうことにして、マライに入り、バトパハの周辺をうろつき廻ろうと決心した。

しかし、今ではそれも、うっとうしさが先に立ち、できるならば、あの邦人クラブの二階で藁床のなかでねむりつづけていたかった。半袖シャツで炎天をあるいてかえってくると、赤くなった肌がヒリヒリして、上体にのぼった血が、胸のあたりでとくとくと脈うっていた。おなじ区間を何度も往復しているあいだに、いろいろな人間を知合いになった。若干の収穫があってシンガポールにかえってきて、長尾さんの家で、計算してみると、まだ三十円ばかりの不足であった。スーツケースの底には、蜥蜴《とかげ》の皮と、川蛇の皮の財布のみやげものと、ジャワ更紗の机掛けがあった。それに別包にして、珊瑚礁の標本の竹かごがあった。

おもいきってジャワのスラバヤの松原晩香氏あてに五十円の借金を申し込むと、折返し、シンガポールの正金銀行あてに、五百円、電報為替で送ってきた。遊蕩児の松原氏は、ジャワでみんなであそびあるいていたときのたのしさを忘れ兼ねていたところへ、僕らがかえってきたときいて、僕と彼女とが、ジャワにくるために必要な金とおもいこみ、五十を五百と計算して気前よく送ってきたものにちがいなかった。大きな金がふところにあることはたのしいものであった。しかし、ジャワ（インドネシア）に戻る気がないので僕は、くわしい手紙を書き、翌日はまた正金銀行に出かけていって、五十円だけを借用して、のこりの四百五十円を、そのまま、電為で、スラバヤ宛に返却した。その帰りがけの足で、郵船会社に立寄り、やがて入港する郵船の船で帰国できるように船客係にたのみ、金を置いて、こんどこそは日本に帰る手筈をした。長尾家にかえってみると、日本の彼女から手紙がとどいていて、

——いま、乾が病気になり、伊勢の宇治山田の森の家で、看病しています。早くかえってきてやってください。

と書いてあった。こんどくらい間合のしっくりしたことはなかった。早速、返事を書いて、いま郵船で切符をたのんで、金を払い、近くに入る船ですぐかえるから、安心してくれと言う手紙をポストに入れた。

はじめて心がかるくなり、手足ものびのびとなって、船の寄港を待った。誰にも会いたいとはおもわなかったが、子供だけには会いたくて、それ故にこころが乾いた。大丈夫、僕がここで乗込む筈の船はいま、印度洋の沖を、時速十八節《ノット》で走っている。長尾氏の家で、親子四人は二階にねているし、階下に、新聞のしごとを手つだっている栃木生れの若者と、別部屋に僕と二人だけ、おそくまでばそぼそとしゃべっている。あいかわらず油虫（ゴキブリ）が、千、二千と群集をなしてあばれ廻り、羽で跳びあるきながら、僕らの顔も腹の上もおかまいなく家のどこかから突如あらわれ、吸い込まれるように消えてゆくのであった。

世界の鼻唄

今日もまた暑くなりそうな空もようだ。そんな日は、午前中から照りの強さで、白っぽい霞《かすみ》がかったような土耳古石《ターキー》いろの空だ。桜ホテルの二階の正面テラスに肘をついて、小一時間ほど、男からおくれて発っていった彼女のあとを眺めているあいだ、僕の頭は、完全にからっぽになっていた。

——こういうときは、あまり考えるのはからだに害がある。しょっぱなから条理の通らないところからはじまった思考は、どちらへ融通させても逃げ路はない。

いつ頃からか、そんな危険のある場合は放擲することが習慣になっていた僕が、このながい旅行のあいだで失った最大なことは、鼻唄でごまかすという習慣であった。苦しみ、いやなことを忘れさせてくれる鼻唄と言えば例外なく立派な音楽などではなく、その当時の人々がどこでもうたっていて、それを剝がそうとすると、びっしり毛根が生えていて、むりにひんむけば、その人の生れ立ちまでくっついて剝がれてきて、化膿すれば、大きなきずあとにもなりかねない。眠りぐすりでも手に入れば、じぶんとしての適量をのんで、あまりつよくないコニャック（コニャックでも、ジンでもいいが）一、二杯、促進剤にひっかけ、ほどよい時間までは起さないようにたのんでおいて眠るにしかずだとおもう。

ブルッセル市のヱルボカーベン通りのひとり住いで僕は、ひどい孤独と不眠で困ったことがあったが、アジアの鉱山に来ている若いイギリス人のプランターが、ウィスキーの御蔭でなんとか勤めあげて本国へかえるのをみて知っていたので、おなじことを僕は、オリエンタルの孤独地獄のなかで応用してみただけのことだが、それは、それなりの効果があった。

西欧での僕は、多くの日本人とは反対で、西欧の文化の伝統に、最初からあまり期待も関心ももっていなかったので、つら構えからデグータンなものに思われてきた。やっと、この頃になって、じぶんもまた、頬骨たかく、眉せまり、例外なく日本人であることを認めさせられたが、彼らのもっているささくれ立った心の肌ざわりには辛抱がならないときがあった。鮫肌と言えば、西欧人の方がひどい鮫肌がいるが、どうやら紅毛は男のほうが、うす肌で、つるりとして、鮭紅淡紅が多いらしい。ぬか袋の柔軟さ、あれは日本人だけのものらしいが、天性というよりも、絃歌の巷で幼いころからそのつもりでつくりあげたものらしい。

すこしばかりうたた寝をしたらしい。「御無事に御出発《たち》になりました」といって、ホテルの主人が戻って来た。ほんのちょいととおもったが、二時間ばかり経っているから南支那海、仏領印度支那海の沖合が近くなっているかもしれなかった。

「あ、それから、これはおあずかりもの」

と、分厚い手紙を主人がわたした。受取って、そのまま僕は、ズボンのポケットに押し込んだ。

彼女が、ヨーロッパから僕を追越して、先へ日本へ行ってしまったということが、実感として心に納得されると、鼓膜がかたくなったようにカーンとして、かえって甲高い、奇妙なあと味が、全く別の世界からきこえてきて周辺をみたしている感じであった。そして、彼女も、いままでとちがった場所に、別な存在として、新しい価値で……それが低いにしろ高いにしろ……まぎれもなくそこにあるのであった。そのことに就いて考えるのならば、充分すぎるほど充分な時間が、そこにあった。第一、ここでなら、僕らの旅行の目的も芸術修業というような大雑把なことで誰も、それ以上問いつめる面倒な連中もいないし、叩けば、埃が出そうだとおもっても、たいていの人たちが身におぼえがあることなので、特に洗い立てられるような心配もないから、神経質になる必要は全くない。

ズボンのポケットが幅ったいので仰向けのままで出してみると、ハンカチーフに入れて結んだ手紙様なもの。画用紙に書いてあるのでかさばっているが、内容はごく簡単。「昨日は残念。彼は、すこしウルサイ人種のように思われる。熱帯航海中、私は思考ダメでも、これから神戸までに十幾日もあります。このあいだに善処できなければ、唐のつくバカなるべし、例によってそちらによい考えがあれば、御遠慮なく御披露ください」

そんなことがごたごたと、縦横にすきまなくびっしり書いてあった。

ながい年月馴れすぎているので僕には、彼女をどの程度まで評価していいのかわからない。彼女とかなりな距離を保っているときには、殊更らしく彼女がめずらしく、新鮮にみえているので、彼女と、手や足をまちがえるほどこんがらかっていきているときには、かえって、彼女をなんともおもわないということのほうがざらである。現在は、行を別にして、呼んでもすぐあえるというものでもないのであるから、異常時と呼んでよいわけであるけれど、思考の面積のうえではむしろ平面で、彼女の現在時の居場所など、考えないでも、例えば、眼を布でかくされていてもすぐわかる位、敏感に感じられる。手紙のしたから五弗《ドル》のアメリカ紙幣三枚が落ちた。これを足しにしていい加減に引きあげてかえってこいという洒落にきまっている。戦争に敗北するまで日本人は、心の底に優越感をのこして、勝者の余裕をのこすことのできる寛恕な人間だった筈であった。

十五弗のドル紙幣は、正直なところ、非常に効果的な金で、もっとも冷静な効用はそのまま、ふところふかくしまっておいて、日本の税関で両替をたのみ、日本生活にくり入れることであった。でも、それは、いちばんくだらないつかいみちのようにもおもわれるのであった。第二は、日本では手に入らないが、ここでならば手に入る消費物、例えば、ジャワ更紗とか、鰐皮のハンドバッグのすこしどぎっとしたものとか、金貨の首飾りとか、石とか（石となると、その位の程度のものでは、特別な事情で急に金がほしいとかいういい条件ででもなければ、たいてい、つかませられる）、そうなってくると、話がストレートでは、大したことはない。ジャワ、マライのくらしに、破産はつきものであった時代のことであるから、もっと時間がのんきに使えれば、この辺は、おもしろい話の巣のような生活圏である。——それにしても、当りも、外れも、そのときの都合で、新聞社の植字工で、長尾さんの家の階下を夜は二人で占領しているもう一人の青年、栃木うまれ、いかにも関東の土くれの匂いのぷんぷんにおってきそうな樫村君と、「大世界」にあそびにいった延長で、そのまま、翌日は、バトパハの二階の寝茣蓙のうえに爛酔して眠っていた。書記の松村さんは、人をみると一応、先生に誘ったが、樫村君が、若くて、すでに、鶴亀算のどんなものであったかすらも念頭にないのをきいて、内地の小学校のおなじ級に転入することの不可能を嘆じて、

「金子さんは、おぼえていられましょうかな」

と、矛先をもってきた。

「そうですね。どんなものでしたかね。名前だけは、きいたことがあるような気がするが、ずいぶん、むかしのことのようですね」

「あ、やっぱし、あかんな。この分やと、折角、日本人の頭で考えたことも、一まず西洋のお伺いを立てて、あちらで通用してるものと一緒でないとねうちはないということになる。それのいちばんてきめんにわかるのは、マフイ、シンガポールで、言うてみればここにくらしている日本人が、世界でいっち不幸ということになる。そうは、おもいまへんか」

樫村君は、そういう理屈っぽい日本人がいちばん苦手らしかった。それに彼は、ここの米粉《ミーフン》がうまいというだけに釣られて、だまされて僕についてきたのだ。広東娼婦《ピィ》をひやかすというのも目的の一つだった。小学校のころから僕は、人を誘惑することが上手だった。

二度と来られるかどうかわからないバトパハであったが、それにしては、別れがたいおもい出のいっぱいあるバトパハであった。

生涯ふたたび会うことができないとなれば、なんと言ってみるところもないこの街が、なんとしても、ふか情《なさけ》をもって引き止めるような街であった。住民はまめまめしく、生《く》計費《らし》の安いことも大きな魅力であるが、日本の商行の派出員も顔なじみで、数も少いので、親身なところがあり、しごと以外には、われひとのへだたりをみせなかった。三菱系など大小の個人ゴム植林、石原の鉄の他に、南方産のチーク、タガヤサンなどの建築材がのびつつあった。

外国資本の流通と、華僑の日用品で、原住民の稼ぎはしぼりとられて、彼らは、最低までのくらしも確保できず、しぼりとった華僑も、瘴癘《しょうれい》の地の苦艱に耐えて阿片の習慣をここでは捨てきれず、麻薬売買人の手を通して英商の手に納まるというしくみになっている。そして、旦那《トワン》はつねに尊く、使用人はいやしく、トワンは永遠に金があり、それにものをいわせ、使用人はいつもまずしく、しかも苦しみの連続ということで、このバランスは、永遠にとれてゆくという段どりになっている。そして、周りのものは、なまじっかな感傷に走ることなく、事態のなりゆきをみて反乱と革命を夢みることを、遠い、近いは、それぞれの意見として、こころのどこかで期待することで一致している。だが、それが、人間の歴史の方向であるなどと早計に理会することはできないが、西暦一九四〇年代初頭の世界の情勢には、そのような形勢が強力に人間の良心として、どこでも問題化され、手榴弾のように固まりつつある一方で、既往のものとおもっていた武力にものを言わせる旧勢力が実力をみせ、大国に対してあまり利害のない少数国の若干が独立を認められただけで、その分だけさらに大きな監視が、要注意国に加重されるという結果になっただけのはなしである。当方にせよ、先方にせよ、こんな算術は、小学校もいらない程わかりきった話なのだが、人間が本気でいがみあえるのは、じつは、こんな答のでてしまった話からなのだ。

バトパハで樫村君にみせたいものが五つあったが、それが七つにふえた。どうして、僕は、おでこの広東娼《ピイ》婦のことをこんなにすっかり忘れていたろう。世界の奇蹟といったら、それは、話が誇大すぎるとおもうが、人間の奇蹟、あるいは、満城素馨などと、そのおもいを形容しえて、妙とおもわれることばもある。樫村君のノスタルジーは、彼がすぐうたいだす「慕々のなかにも歌舞伎座がござる。なかに実盛ぴくぴくと」の鄙唄を唄い出すことなどに心をゆるして、満城素馨のことなどをもちかけると、たちまち殻をとざしてしまって、ふたたび、今日までの親睦をとり戻すのにはたいへんに骨が折れることになった。心に逆毛がもつれているような、粗野な男だが、性質はいたってやさしい。その彼が僕をたよりにして近づいてくるのは、シンガポールという土地がよくよく我慢がならなかったらしい。それをわかっていながら、素馨にひきあわせた。この男女は、ふしぎという他はない程、相性がよく、彼は、彼女の体臭がからだから冷えるともう眠られないという厄介なことになった。彼女の裸にうしろからぴったり貼りついたままで、それが日夜のくらしということになり、彼女の全身の毛根から発散するしめった臭気を臭猫《スカンク》のように吸いとっているときだけ、いきいきとした生命力にみちていられるという、少々、大袈裟な表現が、訥々《とつとつ》としているだけにかえって実感があるのであった。マライの人足頭のゴンボのもとに魅入られて、何度肝煎りの日本人が引きはなして旅費まであつめて、日本へつれ戻しても、いつのまにかもどってきてセンブロン河上の田舎《カンポン》にかえってきて、その男と住む小野芳子と媚薬の効力の話、ジャングルのはてからはてに、ドンゲン音楽の神秘な音色をたっていなくなった日本人の胡椒栽培者《プランター》の話を知ったが、それらの単行本小説家の小説は、コンラッドやキプリングのような軽妙なイギリス短篇小説家にはじまり、フランスには、有名な、「アモク」がある。アモクは、ジャワ人の発作的狂気で、突然、匕首《クリス》をもってあばれだした男が往来に出て、あいてかまわず殺生し廻ることをいう。太平洋戦争中、アンリ・フォーコユエというゴム栽培者あがりの作家が『馬来《マレージー》』という小説を書いてゴンクール賞になった。生計に不足だったので、それを翻訳して、その足しにしたことがあったが、誰も、本をよむどころではなかったとみえて、そのことを知っている人さえないもようだ。おそらく、本ができるといっしょに焼けてしまったものかもしれない。印税はたしかいただいたとおもう。

そのために損害をかけたりしたのではなかったかと心がいたむが、たしか、獏さんの口利きではなかったかとおもう。その本のなかの何千という猿群の啼声で朝がくる爽やかなありさまや、一群の象群が、森のてっぺんの朝めしの嫩葉《わかば》をさんざんたべて、日当りのいい丘でごろごろ昼寝をしているのどかな描写も忘れられなかった。地球はおもしろい。南は南。北は北でおもしろいことがたくさんある。話はいくらでもそれてゆきそうだ。もともと僕などは、どこから、どんなふうにそれてきたかわからない奴だからそれでいいかもしれないが、じぶんからそれてゆく先にみじんほどの心がかりでももったが最後、先太りの前途に押しつぶされて、どうすることもできないことはわかっている。

そうだ。僕はまだ、バトパハにいるのだった。おそらく、僕の友達が二百人いるとしても、これから先もそのうち一百九十八人は知らないで終るにちがいない、そのバトパハにいるのだった。そして、その当時は、僕も四十歳にならず、三十七、八歳で、御一緒の樫村君はまだ二十歳代も、二十五前に属していたろう。彼は、酒をのんだし、まだ、酒量のあがる可能性があったが、僕は、酒はのまず、福建炒米粉を食うより所在がなかった。この次の郵船会社の船で僕は、神戸に帰ることになって、切符もちゃんと、斎藤君に保管してもらってある。その船がシンガポールに着くのが、あと一週間である。バトパハを焼払ってこの世から亡くするのなら、いまのうちだ。

樫村君は、ふらふらしていた。ゴキブリをふみつぶして女郎屋の階段から辷りおち、右の肘を、赤い繃帯で吊っていた。一日一日と日がたってゆくにつれて、彼は、じぶんがいま、なにをしているのかがだんだんわかりかけてきた。そのたびに、僕は先へ日本へかえったら、仕事をさがして、すぐ招びかえしてやると約束した。その約束は、今日まで遂に果されなかったばかりか、先に、神戸港に下り、東京駅に下りた僕じしんが、どうしていいか途方にくれるような日本さんであった。そして、戦争がはじまり、戦争が終り、もはや、彼とは、どうやってお互いの生死をたしかめあっていいのか方法もなかった。

浴衣の腕を赤い布で吊った彼といっしょに三十分もあるけばおしまいになるバトパハの宿場を僕は、ひょろひょろする彼を支えながらあるいた。スマトラ木材の横光利一の友人のY君に紹介しようと夜道を出たが、どうしても、市の外れにある事務所に出ないで、沼泥道に椰子材をわたしたへんなところへでた。鰐が尻尾で水を叩いたような音がしたので、二人ともとびあがって、うしろへ戻った。臆病なことでは甲乙がないとお互いにわかって、一層、気がおけない仲になった。

樫村君は、「シンガポールへ来て、こんなたのしいことはありませんでした」と、感謝してくれた。もう三日もたてば、いやでも、シンガポールへ戻らなければならない。

クラブのマンデ場で腹巻をしらべてみると、冗談ではなかった。香港と上海に上陸すると、ことによると、母親と子供その他のいる宇治山田市までの旅費もあぶないくらい。立寄るなら香港一つにして、上海は、また改めてということにしたほうがよさそうだとわかってきた。彼女もなかなかな奴になったな。この結果をちゃんと計算に入れて、あの三枚を入れておいた。五枚ならもっと感心だが、贅沢は言うまい。樫村君に話すと、彼はひどく恐縮して、「よろしく御鶴声申し上げてください」と言った。

とどこおりなく支払いをすませて、その朝はやく、僕は、彼がわら床でねているあいだに、ニッパ椰子の河岸に添うセンブロン河の川口のほうへ走った。

雑草は、昆虫の腹のように白く、葉や茎の突き刺さっている空は、昼すこし前の、硬質な淡緑大理石のような光沢で海峡の方につづいていた。海上住宅の十本杭とそのあたりを通る船の檣の旗が、割合いに近々とすぎてゆくのがみえ、荷の積んでない槽型の荷船《トンカン》が、底の虫喰いでも修繕するのか、板をぶっつけた上から赤ペンキを塗るのか、のどかにトントンときこえてきた。

蜈蚣《むかで》のたくさんいる関羽の廟と、できたらばよい偶然で、そこで会えるかもしれない、船大工の兄妹とか夫婦かもしれないというややこしい白娘々を樫村君に会わせようというのが、今回、彼をバトパハへ誘った主要な動機かもしれない。じぶんといきさつのあった女を、新しき友に一応引きあわせるという妙な習慣が、むかしから僕にはあった。これはあながち、じぶんの恋人というわけではなくても、経験した変った女とか、妙な経験とかを、じぶんだけでしまっておくには惜しく、共によろこびを頒ちたいという親愛心とか、同好の好意とかいうものかもしれないので、今日に至っても猶、僕の身辺を、いかがわしい製品とか、薬品とかが流転しめぐりあるいているといった始末である。類はもって友を呼ぶというのは、こういうことを呼ぶのであろう。

彼女（玉女史）は、はじめ姿をみせなかったのでいないのかとおもっていたが、トンカン大工小屋の奥でなにか煮物をつくっていた。それがまた、奇妙なもので、洗面器の上に、すこし大きい洗面器をふたにかぶせ、僕が上からのぞきこむと、別にふしぎそうな顔もせず、はじめから打合せてあったようにニタリと笑って、

「今日は、なんだかめずらしい人が訪ねてきてくれるとおもって心待ちしていたが、まさか、あなたとはしらなかったわ……」

「この友だちを引合せようとおもってね。樫村君」

と、彼をよんで二人を握手させた。

「日本の人って、みんな変ってるのね。日本の人には、変って見当のつかない人と、怒りっぽい人とがいる。怒りっぽい日本人は好きじゃないけどね」

「僕は、中国の料理が、そうなんだ。人間の食物と、むりに人間のたべものにしたのとがある。そこで煮えてるのは、どっちだろうかな」

「あなたの言うことわからない。中国人は、食べられないものなんか料埋しない」

彼女は、靴の先で上の洗面器を蹴とばした。することが万事、乱暴である。果して、わけのわからないものの煮え立っているなかから、どうみても大きな蛙の脚のようなものが一本天心を指して突出ている。彼女がながい箸でかき廻してつまみあげると、虫拳のように、大蛇の皮のようなものがあがってきた。味母という日本の味の素の中国国産品をパッパッと放りこんで気前をみせてくれるが、やはり、彼女らの趣味は南洋中国人《ネーヤンツオンゴレン》で、まともな中国人からは大分遠いのではあるまいかとおもう。しかし、それは、どちらがしあわせなのか、どちらに本領がのこっているのか、それはしらないが、生命が安全で、おもう筋が通るほうがいいとしておくよりしかたがあるまい。彼女のきょうだいとはじめ紹介された若い男がふんどしもせず、丸裸で、小屋のなかに入ってきたが、人がいるので照れくさそうに、金槌をとり、部屋のまんなかに据えた未完成なじぶんの寝棺に二つ、三つ、のみを入れ、そのまわりをさすってみた。やがて、漆をかけ、金箔を塗っていいものにするのだとたのしそうであった。

「姉は、屍体を電気で焼いたほうがいいと言いますが、私は、そうはおもわない。それかせているんですよ。そうでしょう」

「どう口説いたって加減をするようなあいてじゃなし、観念する方が悧口だって言いきでは、地獄の役人たちにこちらの言うことが通らないでしょう」


「さあ、それは、情況次第ですね」

樫村君は、しかたがなさそうに、口をはさんだ。この会見は、そうながい時間ではなかった。バトパパからの電話で、シンガポール着の船が、予定が早くなって、もう今夜にも着く筈でわるくすると、深夜出帆になるので、なんとかして、今晩のうちにシンガポールに僕だけでもかえっていなければならず、遂に、相棒は、無理矢理にバトパパにのこし、まだ夕明りの名ごりのある町を車ででて、ジョホールの長堤をわたり、白娘々だけをつれて僕は、シンガポールにかえった。シンガポールにつれてかえった彼女を、桜ホテルにつれてかえるわけにはゆかなかった。岸壁埠頭に近い支那宿に送って、電話番号だけきいておいて打合せすることにし、斎藤氏に電話すると、「どこへいっていたんだ。船は、早朝四時の出航だ。切符は事務長にわたしておいたから、かってにかえれ」と言うひどい見幕であった。とても見送りなどに来てくれそうもない。長尾さんへも電話して、それは、こちらから時間が時間だからと言って御辞退した。先方も創業の時期のことであり、「では、御無事で」で、事は落着した。おもわぬ荒もようだったシンガポールも、ぼろはぼろとして、あと白波。身一つは、こっそりと逃れることができそうな具合で、岸壁とは反対の防波堤の燈火にむかって、蝙蝠がからだごとぶつかるのを眺めながら、どこからかさす青い燈ざしをうけた白娘々の、燈の色のかわるのにつれてうつり変るのを、うつつとも、まぼろしともなくながめていた。おもいようによってはさびしい別れでもあるのに、僕にとっては、このうえの色テープも、悲しい奏楽も、ただわずらわしいだけにすぎない。すべてを置去りにして、誰もいないうちに船が岸壁をはなれ、船長の指令もないままに航海がはじまっていたら、どんなにたのしいことだろうかと空想する。いま、世界中の人がのぞんでいることは、そのこと一つにかかるのではないかとおもうし、それからまた、若い人が希望することは、人間を虱つぶしに消してゆくか、インク消しで、生殖器をみんななしにすることではないかとおもう。人生とは、愚劣な連続への加担で、そのくせ、はてしもない欲望をいい加減なところであきらめるよう、そのところだけは力はぬいて、往生際よくできているもののようだ。斎藤君の特別なはからいで、その時の僕の部屋は、飛切り上等の部屋にできていた。それは、半荷船で、冷蔵庫を改装したものであったから、電気さえ入れて置けば、暑さしらずで、適当に、冷凍状態で日本まではこんでもらう特典さえあった。電気はむやみに入れない方がいい、死んだ鮟鱇が息をふっかえして、つかみかかってくることもあるからだ。しかし、僕は、時々、セックスを感じても食欲はないから、そんな面倒はおこしたことはない。セックスの方にしても凍結したセックスは動作が不自由で、厄介千万だから、故障が起るたびに新しいめんどうなことが起るし、それに、凍っているということは、陶酔感があってなかなかわるくない。どちらかと言えばおつなものだから、とろけて消滅しないように気を配り、戦場で馬が元気がなくなるとき急所にうつ馬針《ばしん》というものを知っているでしょう。いろいろ、金象眼などのあるしゃれたものだ。あれをそばに置いて、時々膝に突立てた。スイッチを入れるのは凍結の寸前である。むろん。彼女、それが例のバトパパの女で、出帆をしらべて送りに来てくれたのであった。むろん。樫村君は、屁の君に引きとられて送りにきてはくれなかった。これは、管仲と鮑叔だってだめであったろう。冷蔵庫から二人が出たのは、玄海灘である。あそこは、かっこうな処理場だから、いつも僕が安作でも、そのくらいな気ばたらきはあるつもりである。いちばん波のもめているへんで、あっさりと彼女の尻を船尾から上手に蹴込んでやった。彼女もべつにどうとも苦情はなさそうであった。あれはもともと白蛇だから、氷がとけたら南の古巣にもどっていったにちがいない。一件は、それで落着というわけだ。日本では丁度、ま冬のかかりで、身を切るような空っ風が吹いていた。冷蔵庫のなかでは彼女にとぐろを巻いてもらって、そのなかにすっぽり入ってくらしていたから、寒さがそれほどに身にこたえなかった。あのくらいな通力のある蛇になると高度の仙道をこころえているから、例え、南極の氷山の中心に押しこめられても、心火でじぶんだけはほかほかしていられるにちがいない。それに、執念の愛情の炎がもえあがれば、熱くてそばへよりつけないほどかもしれない。

それなので、ついうかうかと日も夜も抱寝で、いや、ごちそうさま。それも、そちらでいうことば。あつあつな彼女を、せめて神戸の泊りまでつれて歓待したいところだったが、彼女の方でそれを遠慮した。じぶんの世界でもない所で、乾あがったように本領を失ったじぶんの存在を、なんとしてもやりきれないとおもったので、心を決めて、引退っていったのであろう。この話は、僕のつくり話だったのかもしれない。あまりできのよろしくないつくり話が、僕に結末を求めて、それぞれのなりゆきを主張し、それに僕が脅迫されたということではないのかなどとも考えた。

妙なことに、当然、停泊する筈の香港にも、上海にも、船は立寄らず、そのまま直行して、一すじに関門海峡を通り、瀬戸内海から神戸港に着いてしまった。支那の二つの港を船が立寄らなかったのは、日本と中国の国際関係がよくないことを物語っていた。香港はただ、素通りしたが、上海では、わざわざ呉淞《ウースン》から黄浦江に右折し民間の在留邦人を収容して帰ることになった。彼らの口から、中国での事情は、ほぼわかった。日本海軍陸戦隊と、十九路軍との市街戦がはじまって、銃声がきこえていた。淮山碼頭《わいざんめとう》は木材を縦に並べてそのうしろに土嚢をうず高く積みあげ、船客の上陸はいっさい禁止されていた。避難の際は、混雑を極め、黄浦江の濁水に墜ちて溺死したダンサー、酌婦など、眼のあたりにして救う手だてがなかったと言うものもいた。郵船会社から船客の身寄りの人たちにあらかじめ電報で報知が入っているので、岸壁には、可成りの出迎えの人があつまっていた。万一、彼女が、宇治山田にいたならば、出迎えに来ているかもしれないと、一わたり眼でさがしたが姿がなかった。そのかわりに彼女の実弟の姿があって、しきりに手をふっていた。タラップがつながると早速、彼はあがってきて、久闊をのべた。三十歳をすこし越えている年配だったが、なにはともあれと、どこかの食堂で簡単に食事をして、その足ですぐ山田行の電車にのった。彼は、僕などとはちがって、手早くなんでもはこぶ性質で、そのあいだにも、必要なことは、要領よくみな話してくれた。彼女は、男とは、いっしょではなく、やはり船からの通知で知って彼女の帰国を迎えに出た弟と二人で直接、山田に帰り、子供の病気につききって、治癒までいたが、数日前、一人で東京へ出たという。宇治山田市の小学校の運動場に塀を接して、父幹三郎の家があった。子供はすっかり大きくなり、小学校一年生で、健かそうだった。横が曳出しになった階段をあがった二階にあがり、義父母たちに挨拶をしていると、子供が、袴に足

袋の正装であがってきて、僕の前に平たく坐り、

「久しぶりでございました」

と、教えられた型通り挨拶した。

しかし、五分たたないうちに、もう僕の膝のうえに乗って、鼻の穴に指をつっこんでいたし、二十分たたないうちに、駅前の宇仁館という西洋料理で、ハヤシライスを必死になってたべ、ソーダー水という泡の立つ水を立ったり、坐ったりしてのんでいた。よほどたってから義弟が姉から僕への置手紙をとりだして渡した。文面は、

「子供は幸いよくなりました。彼は、私をよびよせてくれたのです。私も、命をかけて看病しました。もう大丈夫です。ご安心ください。これからすぐ東京へ行って、じぶんの仕事の根拠をつくります。会ってゆきたいけど、一日でも心がいそぐのです。この手紙をみたら、あなたもきて下さい。もうすこし準備できるまで、もう半歳、子供を父にあずかってもらいます。固い頭の父ですが、話のわからない父ではありません。それから、船中の人は、神戸へ着くと出迎えの者からじぶんの家の破産をきき、すべてを船中だけのことにして消えました。策略ではなさそうです。あれはあれでおもしろい男です。では」

解　説

中野孝次

妻三千代をアントワープに残して、光晴だけが旅費づくりにシンガポールまで戻るところから、第三部『西ひがし』は始まっている。彼はふたたびマライ半島の土を踏み、そのにおいを嗅ぎ、「ああ。この臭い」と思う。わたしは第三章「波のうえ」の、「マライ南部の天候は……」につづく、この再会の文章が好きである。

光が盤石の重たさで頭からのりかかってきて、土地の体臭とでも言うべき、人間以外のものまでみないっしょくたになった、なんとも名状できない漿液の臭気に、この身をくさらせ、ただらせようとかかるのであった。「ああ。この臭い」と、気がついただけで、三年間忘れていた南洋のいっさいが戻ってくるのであった。

これが一九三一年末のことである。彼はこうしてまた翌年五月まで、すでに満州事変の影響で反日感情の強い現地に半歳以上、旅費調達のためのあてどない放浪をつづけるのだが、ここには『どくろ杯』にも『ねむれ巴里』にもなかった、帰るべきところに帰ったというような、ある安堵の感情がただよっている。圧倒的な自然のなかでの人びとの営みを見、そのなかにあることが、単に旧知の地との再会であるばかりでなく、彼の本来の自己の解放を意味するような、そういう解放感がある。これは往路の滞在時には持ちえなかった感情である。

一体、では何が彼のうちで変ったのか。自然は変らずそこにある。その同一の土地がいまは自己の本来への帰還を意味すると感じられるとしたら、それは彼自身がこの足掛け五年の地獄的放浪のなかで、失うべきものを失いつくし、新しい何者かになっていたということであろう。その曰く言いがたい変貌にこそ、『水の流浪』と『鮫』とのあいだに横たわる経験の実質がある。読者はここにいたって初めて、詩人金子光晴の内部に何が起っていたかを目撃することになる。

契約と所有とぎらぎらした人間関係と、あのパリ体験を背後に持つ者の目にだけ見えた自然がここにはある。人を圧倒し、氾濫し、解放すると同時に破滅させる自然。ほとんど「鮫」表象としての自然。彼はそのなかで酔い、亡失し、自己を最後の一線において把握する。無力だが、みじめだが、かけがえのないいとおしさをもってそこに生きている人間というもの。彼はそれを、隣り窓のインドの女に、また「義手で、片目で、背中に小さなほりものをした混血の女」に、「川蛇の精」白素貞に、この南の氾濫のなかで朽ちつつある男たちに、己れ自身に確認する。「一つの関心と他の関心のあいだの真空状態のようなものを、なにかに縋《すが》りつこうとしてその縁《よすが》がなく、無限に降りてゆく塵よりも軽いわれらの存在のありか」として確認する。それも、むなしいほどに豊饒な自然のなかで。「世界のゆきつく果てまでつきあたった熱気の悒愁」のさなかで。この存在感情はもう『鮫』や『女たちへのエレジー』のそれであると言ってよい。

「ゆれて、傾いて、疲れたこころにいつまでもはなれぬひびきよ。」

洗面器のなかのそのさびしい音をきき、「人の生のつづくかぎり　耳よ。おぬしは聴くべし」とわが心に命じるものは、まさにそういう生存感のなかで起る出来事である。ここにはもはや個我の倨傲も、追いつめられた芸術意識の倦怠もない。耳に聴けと命じるのは、無名の、どこの馬の骨ともしれぬ人びとの生きている、そのかけがえのない生の感じである。ただ人だけがいる。芸術は消えた。そのただ人だけが宇宙的氾濫のなかにいる感じを、これだけが言葉のなしうるすべてだと確信しうるためにこそ、思えば、この詩人のながい放浪はあったのではなかったか。

あゝ。俺。俺はなぜ放浪をつづけるのか。

「唾と、尿と、西瓜の殻のあひだを、東から南へ、南から西南へ、俺はつくづく放浪にあきはてながら」、なおかつ、そういう人びとの生の感じ、存在のありかをしかと知るためにこそ、ながいこの地獄行があったのだった。わたしはこの『西ひがし』のある箇所に、著者がさりげなく「十年近く離れていた詩が、突然かえってきた」と記しているのを見たとき、詩というあえかな生きものの生成の秘密をかいま見たような感動にとらわれたことを思いだす。それはまさに魚群の帰還にも似た、ふしぎな出来事である。

詩人というものは、一巻の詩集を完成したときに一度死ぬ人間のことである。青春の初期に、あの驕慢にして豪奢な記念碑、

二十五歳の懶惰は金色に眠ってゐる。

『こがね蟲』の完璧を持ってしまった人物にとって、以来この南方の氾濫のなかでの自己発見にいたるまでの実人生の過程は、彼がこの初期の芸術的完成を破壊し、そこから生を救いとるための、苦しい自己抹殺の時間であったと言ってよい。「悲哀が生涯の扉に美しい金鋲を打つ日は近づいた」とかつて彼はうたった。華麗な文語の倨傲のなかで

彼がそううたったとき、詩人ははたしてそれ以後自己を襲うであろう苦患の日々を予感していたのかどうか。実人生で社会的自己を次々に壊しつづけながら、どんづまりの、もはや行き場のない、その先には自己抹殺しかありえないところに生れたのが、放浪の始まる直前にうたった、

およそ、疲労《つかれ》より美しい感覚はない。

あの『水の流浪』の、物悲しくも敗北的な、三十代のアンニュイの世界であった。そこから、もまれ、ゆられ、傾ぎつつ、苛烈な生に身を食いちぎられて辿りついたところが、現在のこの『西ひがし』の世界である。『どくろ杯』の上海、『ねむれ巴里』の惨たる過去をへて、いま南方のはげしすぎる豊饒のなかで、彼のあれ以来の経験が初めてそれにふさわしい物・イメージに出会ったさまがうかがえる。芸術とか詩とか文学とか、やわな観念をうち捨てて放浪したすえに出現した、それはほとんど生の最後の証言としての言葉である。詩以外に彼に帰ってくるものがなかったのだ。そのことを知ったときに、「それほどまでに自分が他に取柄がない人間だと意識したときは、そのときが初めてで、その時ほど深刻であったことはない」と彼が書くとき、これはまさにその言

葉の不壊を確認する宣言のようにさえひびく。

『こがね蟲』以来、金子光晴は詩人としていくつかの死を遂げたのちに、ここに初めて言葉が本来そこからだけポエジーの生命を汲みとる源泉、物言わぬ人生の詩人としてわれわれの前に現われることになる。

一九三二年、満州国建国宣言のなされた年のことで、日本内地では大弾圧下にプロレタリア陣営の壊滅しつつあるときであった。このときに、どんなイデオロギーからも抽象的思考からも自由な、まさしく彼自身の肉体を通過した言葉によって詩に復帰した詩人が、最もしぶとい時代抵抗詩を創造しえたのは、これもまた文学の秘密に属していよう。「鮫」世界としてのこの世の仕組みの認識と、そのなかでうごめき生きる者と、ゆられもまれ無力に放浪しつつ、「俺は、どこ迄も、まともから奴にぶつかるよりしかたがない」と決意する男と、この単純でしたたかな世界認識に腰を据えた者にのみ、そういう抵抗が可能であったことを考える必要がある。

晩年の金子光晴の一番充実した仕事であるこの自伝的三部作は、足掛け六年かけて書かれ、一九七四年『西ひがし』が出版された翌年、詩人は不帰の客となった。これは彼が書き残さずには死ぬに死ねないていの、遺言の如き書物となったわけである。わたしは最後に、彼がこのマレー半島放浪のあいだに書かれたという、代表作の一つを掲げて詩人の魂の鎮めとしよう。

洗面器のなかの
さびしい音よ。

くれてゆく岬《タンジョン》の
雨の碇泊《とまり》。

ゆれて、
傾いて、
疲れたこころに
いつまでもはなれぬひびきよ。

人の生のつづくかぎり
耳よ。おぬしは聴くべし。

洗面器のなかの
音のさびしさを。

本文中には、現在の人権意識に照らして不適切な表現や、人種差別ととられかねない表現がありますが、作品に描かれた時代（昭和初期）の社会・文化的背景、および著者（故人）の意図が差別を助長するものではないことなどを考慮し、原文のままとしました。

（編集部）

『西ひがし』
一九七三年八月〜七四年七月　『海』連載
一九七四年十一月　中央公論社刊
一九七五年十一月　全集第七巻

中公文庫

西《にし》ひがし

1977年6月10日　初版発行
2007年12月20日　改版発行
2014年2月28日　改版2刷発行

著　者　金《かね》子《こ》 光《みつ》晴《はる》

発行者　小 林 敬 和

発行所　中央公論新社
〒104-8320　東京都中央区京橋2-8-7
電話　販売 03-3563-1431　編集 03-3563-3692
URL http://www.chuko.co.jp/

DTP　星野恭子
印　刷　三晃印刷
製　本　小泉製本

Published by CHUOKORON-SHINSHA, INC.
Printed in Japan　ISBN978-4-12-204952-9 C1193

各書目の下段の数字はISBNコードです。978－4－12が省略してあります。

中公文庫既刊より

か-18-7
どくろ杯
金子光晴
『こがね蟲』で詩壇に登場した詩人は、その輝きを残し、夫人と中国に渡る。長い放浪の旅が始まった——青春と詩を描く自伝。〈解説〉中野孝次
204406-7

か-18-8
マレー蘭印紀行
金子光晴
昭和初年、夫人三千代とともに流浪する詩人の旅はいつ果てるともなくつづく。東南アジアの自然の色彩と生きるものの営為を描く。〈解説〉松本亮
204448-7

か-18-9
ねむれ巴里
金子光晴
深い傷心を抱きつつ、夫人三千代と日本を脱出した詩人はヨーロッパをあてどなく流浪する。『どくろ杯』につづく自伝第二部。〈解説〉中野孝次
204541-5

か-18-11
世界見世物づくし
金子光晴
放浪の詩人金子光晴。長崎・上海・ジャワ・巴里へと至るそれぞれの土地を透徹な目で眺めてきた漂泊の詩人が綴るエッセイ。
205041-9

あ-18-2
内なる辺境
安部公房
ナチスの軍服が若者の反抗心をくすぐりファシズムがエロチシズムと結びつく。現代の異端の本質を考察する前衛作家のエッセイ。〈解説〉ドナルド・キーン
200230-2

あ-18-3
榎本武揚
安部公房
旧幕臣を率いて軍を起こしながら、明治新政府に降伏した榎本武揚。彼は時代の先駆者なのか、裏切者か。維新の奇才のナゾを追う長篇。〈解説〉ドナルド・キーン
201684-2

い-42-3
いずれ我が身も
色川武大
歳にふさわしい格好をしてみるかと思っても、長年にわたって磨き込んだみっともなさは変えられない——永遠の〈不良少年〉が博打を友を語るエッセイ集。
204342-8

い-87-1
ダンディズム 栄光と悲惨
生田耕作
かのバイロン卿がナポレオン以上に崇めた伊達者ブランメル。彼の生きざまやスタイルから〝ダンディ〟の神髄に迫る。著者の遺稿を含む「完全版」で。
203371-9

お-2-2
レイテ戦記（上）
大岡昇平
太平洋戦争の天王山・レイテ島での死闘を再現し戦争と人間を鋭く追求した戦記文学の金字塔。本巻では「一　第十六師団」から「十三　リモン峠」までを収録。
200132-9

お-2-3
レイテ戦記（中）
大岡昇平
レイテ島での日米両軍の死闘を、厖大な資料を駆使し精細に活写した戦記文学の金字塔。本巻では「十四　軍旗」より「二十五　第六十八旅団」までを収録。
200141-1

お-2-4
レイテ戦記（下）
大岡昇平
レイテ島での死闘を巨視的に活写し、戦争と人間の問題を鎮魂の祈りをこめて描いた戦記文学の金字塔。地名・人名・部隊名索引付。〈解説〉菅野昭正
200152-7

お-2-6
ミンドロ島ふたたび
大岡昇平
戦後二十数年、再び現地を訪れて、自らの生と死の間の彷徨の跡を尋ね、亡き戦友への追慕と鎮魂の情をこめて戦場の島を描く五篇。〈解説〉中野孝次
200337-8

か-2-3
ピカソはほんまに天才か 文学・映画・絵画…
開高健
ポスター、映画、コマーシャル・フィルム、そして絵画。開高健が一つの時代の類いまれな眼であったことを痛感させるエッセイ42篇。〈解説〉谷沢永一
201813-6

し-9-1
悪魔のいる文学史 神秘家と狂詩人
澁澤龍彦
その絶望と狂気ゆえに、ヨーロッパ精神史の正流からはずれた個所で光芒を放つ文学者たち―。調和を根底にした「文化」の偽善性を射る異色の文学史。
200911-0

し-9-2
サド侯爵の生涯
澁澤龍彦
無理解と偏見に満ちたサド解釈に対決してその全貌を捉えたサド文学評論決定版。この本をぬきにしてサドを語ることは出来ない。〈解説〉出口裕弘
201030-7

各書目の下段の数字はISBNコードです。978-4-12が省略してあります。

し-9-4
エロス的人間
澁澤龍彦

時空の無限に心を奪われる、その魂の秘密の部分、そして純潔と神秘に淫蕩とを兼ね備えた不思議の宇宙——本質的にアモラルな精神の隠れ家への探検記。

201157-1

し-9-5
少女コレクション序説
澁澤龍彦

美少女、あるいは少女の人形……純粋客体としてのエロスのシンボルたち、そして小さな貴婦人たちへの知的な愛の冒険、または開放のための大胆な試み。

201200-4

し-9-6
玩物草紙
澁澤龍彦

虫・ミイラ取り・花・猿の胎児・童話・カフスボタン・夢・蟻地獄・変身……観念の大胆さを玩弄するように物に仮託して語られた著者の内なる小宇宙。

201312-4

し-9-7
三島由紀夫おぼえがき
澁澤龍彦

絶対と相対、生と死、精神と肉体——様々な観念を表裏一体とする激しい二元論に生きた天才三島由紀夫。親しくそして本質的な理解者による論考。

201377-3

し-9-8
エロティシズム
澁澤龍彦

人間のみに許された華麗な〈夢〉世界——芸術や宗教の根底に横たわり、快楽・錯乱・狂気に高まるエロティシズムの渉猟。精神のパラドックスへの冒険。

202736-7

か-56-1
パリ時間旅行
鹿島茂

オスマン改造以前、19世紀パリの原風景へと誘うエッセイ集。ボードレール、プルーストの時代のパリが鮮やかに甦る。図版多数収載。〈解説〉小川洋子

203459-4

か-56-3
パリ・世紀末パノラマ館
エッフェル塔からチョコレートまで

鹿島茂

19世紀末、先進、躍動、享楽、芸術、退廃が渦巻く幻想都市パリ。その風俗・事象の変遷を遍く紹介する魅惑の時間旅行。図版多数。〈解説〉竹宮惠子

203758-8

か-56-10
パリの秘密
鹿島茂

エッフェル塔、モンマルトルの丘から名もなき通りの片隅まで……時を経てなお、パリに満ちる秘密の香り。夢の名残を追って現代と過去を行き来する、瀟洒なエッセイ集。

205297-0